やどかりブックレット・障害者からのメッセージ・25

統合失調症を生き抜いた人生

『70歳を目前にして今，新たな一歩を』増補版

やどかりブックレット編集委員会　編
堀　澄清　著

やどかり出版

発刊にあたって

　1997（平成9）年4月にやどかり情報館（精神障害者福祉工場）が開設し，私たちは1997年から「－精神障害者からのメッセージ－私たちの人生って何？」というタイトルで体験発表を行っている．これは1997年度はやどかり研修センターの事業の一環として，1998（平成10）年度からはやどかり出版文化事業部の事業として行っているものである．
　やどかり情報館は精神障害者が労働者として働く場であると同時に，障害を持った私たちが，私たちならではの情報発信の基地としての役割を果たしていくことを目指して開設された．
　この会が始まったきっかけは，精神障害者自らがその体験や思いを語ることで，精神障害者に対する誤解や偏見を改め，正しい理解を求めたいということだった．そして，「私たちにだって人生はあるんだ，生きているんだ，私たちの人生は何だろう？」という問い掛けを自らに，そして周りの人たちに投げかけ，一緒に考えていきたい，そんな思いを込めていた．また，やどかりの里では日本の各地からの要請で，自ら

の体験を語るために講師として出向く仲間が増え，単に体験を語るだけでなく，お互いに学び合いながら講師としての力をつけていくための場が必要であると，考えたのである．

　こうして第1回，第2回と体験発表を進めていくうちに，体験発表会に対する考え方に少し変化が生じてきた．

　精神障害者からのメッセージということで，精神障害者ということをひじょうに意識し，理解を求めようと動いてきたが，「人生とは？」という投げかけは，障害のあるなしにかかわらずすべての人の共通した課題ではないか，という思いが出てきたのである．そこから障害の種別を越えて，共感できたり，共通の課題を見出し，ともに考えていくことも大切ではないかと考えるようになった．そのためには他の障害を持った方々にもその体験を発表してもらい，交流がはかれたらという思いが強くなっている．

　そこで改めて，体験発表という形で一般の方々に集まって聞いてもらい，全体で討論することで，参加してくれた方々が改めて自分の人生について考えるきっかけになるように，そんな気持ちを込めて企画運営している．

　当初体験発表会は，講師としての力をつけたい，同じやどかりの里の仲間に聞いてもらいたい，といったやどかりの里内部に向けての企画であった．そして第1回の体験発表会について埼玉新聞が取り上げてくれたことがきっかけとなり，やどかりの里関係者以外の参加者が足を運んでくれるようになった．また，情報館のある染谷の地の人々に私たちの活動について知ってもらいたいとの思いを込め，情報館のみんなで体験発表会の案内を染谷地区の各戸に配って歩いた．何回か継続するうちに少しずつではあるがその効果が表れ，案内

を見て寄ってみたいという近所の方々の参加が見られるようになってきている．

　また，この体験発表会には，精神障害を体験した人々が，自分たちと同じ経験をしてほしくないという思いが込められている．病院生活の辛い体験を味わってほしくないし，社会に出てからもそんな苦しい思いをしてほしくない．体験発表で語ることで，少しでも，現状が良くなっていったらという願いがこもっている．

　今回のブックレットの発刊は，1998（平成10）年4月からやどかり研修センターがやどかり情報館の活動からはずれ，やどかり出版に文化事業部の活動が新たに位置づいたことに端を発し，さらに昨年1年間の実績で私たちが語り合ってきた「障害を持ちつつ生きる」という体験が，多くの方々に共感を得ているという手ごたえを感じていることから夢を育んできたことが，実を結んだものである．第1回から第4回までの体験発表会はやどかり出版の発行する「響き合う街で」6号に掲載されているが，できれば自分たちで企画する本づくりを進めていきたいという思いがふくらんでいったのだ．やどかり出版の編集者と二人三脚で，ブックレットづくりの夢が現実のものとなっていった．

　やどかり情報館で開催する体験発表会に参加できる方はどうしても限られてしまう．でももっと多くの人々にこの思いを届けたい．

　地域で孤立して生きている人たちや，まだ病院で入院している人，はじめて病気の体験をし，とまどっている人，病気や障害があっても地域の中で，その人なりに暮らしていきたいと思っている人々，そんな人の手にこの本が届いていくこ

とを願っているのである．
　このやどかりブックレットに私たちの思いを込めて，全国の仲間に届けたい．

1998 年 9 月
　　　　　　　　　　　　　やどかりブックレット編集委員会

目　次

発刊にあたって ……………………………………………… 3

はじめに ……………………………………………………… 10
はじめに（増補版） ………………………………………… 13

病気という重石を背負っての人生 ………………………… 15
　難産の末にやっと生まれた虚弱児 ……………………… 16
　今日死ぬか，明日は死ぬかと…… ……………………… 17
　戦争が負けることを予感していた祖父 ………………… 18
　私を取り巻く3人の女性 ………………………………… 19
　1年を4か月周期で暮らす ……………………………… 20
　自分に対する周りの配慮への反撥 ……………………… 21
　「死ぬこと」ということを常に考えていた ……………… 22
　一言話すのにひじょうに苦労する ……………………… 24
　大らかな社会環境の中でのびのびと …………………… 27
　健康を初めて意識した時 ………………………………… 29
　思索的な時間を過ごした高校時代 ……………………… 30
　自分が押しつぶされてしまうと絶叫 …………………… 32
　インシュリン治療による恐怖の体験 …………………… 34
　待遇はよかったが死の誘惑にとりつかれて …………… 35
　太い注射をされて急激に意識を失う …………………… 36
　楽しかった過去への追想だけで生きていた …………… 37

ほんとうは裁判に訴えたいが ………… 39
　医療に寄りかかれない人間になった ………… 40
　家庭教師を始める ………… 43
　病気だと知りながら助けてくれた人たち ………… 46
　「まごころ」で働いて得た生きる喜び ………… 47
　あまりにも自然からかけ離れた人間 ………… 49
　医療には寄りかからないで ………… 50
　今, 生け花は美しく見える ………… 52

やどかりの里にたどり着いて ………… 53
　やどかりの里を訪ね歩いたが……40代 ………… 54
　世の中に対して何もできない自分 ………… 55
　靖国神社祭祀反対闘争に加わる ………… 56
　大阪での半年間続けた宿無し生活 ………… 58
　なかなか精神障害者であることを
　公開できなかった ………… 60
　やどかりの里の玄関で志村のおばさんに出会う … 61
　茶の間の空間で癒された ………… 63
　負の人生に少しだけ肯定感が持てた ………… 64
　「まごころ」の弁当で知る優しさ ………… 65
　初めて味わう「今日は生きたなあ」という感じ …… 66
　まごころに行くようになってコンディション良好 … 67
　「やどかりの里」という所 ………… 68
　75歳まで社会的活動に参加する ………… 69
　川の流れに沿うように生きていく ………… 70

堀澄清，今青春まっさかり ……………… 73
　心を癒してくれる音楽 ………………… 74
　自殺決行は10回以上 …………………… 74
　自分を包む衣が必要なくなって話せるように …… 74
　生活保護は自分なりのスタイルで返す ………… 75
　部屋の中で世の中のおかしさを感じる ………… 76
　人間を感じさせない人は嫌だ …………… 76
　社会の矛盾は社会的な解決を …………… 77
　私，今，恋しています …………………… 77
　やっと自分の人生の主人公になれた ………… 80
　人間，変われば変わるもの ……………… 81
　看護婦・看護学生に訴える ……………… 82
　安心感を与える接し方をしてほしい ………… 84
　マイナスの体験からも得るものはある ………… 85

堀澄清さんの遺した言葉 ……………………… 87
　退院後の親父とお袋 ……………………… 88
　生きてきた事実を認める ………………… 88
　私の考える精神医学 ……………………… 90
　医療のつき合い方と同病の仲間との出会い ……… 92
　回復のプロセス …………………………… 92
　70年生きてきて思うこと ………………… 93

おわりに ……………………………………… 95
おわりに(増補版) …………………………… 98

　　　　　　　　　　　挿絵　黒崎　夢

はじめに

　私が堀澄清さんを知ったのは，今から約4年前，やどかり情報館で働くようになって堀さんが講演したテープ起こしの仕事をした時でした．その時，なぜこんなにもあからさまに自分の病気のことを話せるのかという衝撃とともに，話に引き込まれている自分がいました．今思えばそれがきっかけとなり，そんな想いを発信するために現在編集の仕事をしているのだと思います．

　私が編集者になりたいという道筋を与えてくれた堀さんがブックレットを出すことになり，その編集に携われることは何とも感慨深いものがあります．

　この本は堀さんの69年の人生を凝縮した1冊です．

　1937（昭和12）年に北海道で生まれ，エンジニアを目指し上京するも，人の多さやストレスで状態を崩し，北海道に戻り入院する．入院した病院によって人生を変えられてしまったこと，やどかりの里と出会ったことでマイナスばかりだった人生を少しずつプラスに変えていったことなど，心の変化や環境の変化が鮮明に描かれています．その中から私なりに感じた堀さんが社会に伝えたいという文面を3つ紹介し

たいと思います．

　「まごころ」で働くようになって，私は週に1回しか働いておりませんが，それでもこれがほんとうに働いたというか，「生きた」という，私に人間としての喜びを与えてくれるのです．こういうふうな感情になったことはこの歳になるまでありません．だから，たった週1回なのですが，「まごころ」に行って働くということは，私にとってたいへん大きな喜びなのです．

　医療を絶対だというふうに思わないでほしいと思います．そこは多分大切な点ではないかと思うのです．この病気の責任は実は自分にあるのであって，自分で自分の心を大人にしなかったら絶対だめだというのが私の結論なのです．先生の言うことをそのとおりだと思うのではなく，先生がこう言ったということであっても患者は自分なわけです．だから，いつでも自分にとってどうだったかということが大切だと思うのです．

　どうしても精神病者だということを正直に言うことができなくて逃げ回っていたというのが正直なところです．
　尾根までは何回も登ったのですが，自分をさらけ出して生きるためには向こう側へ下りなければいけないんですが，それがどうしてもできませんでした．
　これは自分で自分にやっぱりコンプレックスを持っていて，そのことを正直に言えなかった自分がやっぱりあったんです．

どれも精神障害者にはとても重要なことであり，働くことでは，働くことの喜びに触れており，これは障害者自立支援法の考えに相反するものであり，医療が絶対という考え方についてもあくまでも患者が主人公であることを言いたかったのではないかと思います．
　そして，精神病に対する差別や偏見がなくなり，ごく普通に暮らせる，そんな社会になっていってほしい．そう感じさせる1冊であり，ひとりでも多くの人の手に届くことを願っているのです．

　2007年2月

やどかりブックレット編集委員
渡邉　昌浩

はじめに（増補版）

　本書の初版は 2007（平成 19）年 3 月に出版されました．そして，2015（平成 27）年 1 月 18 日，著者堀澄清さんは 78 歳でその生涯を終えられました．堀さんの姿は見えなくなりましたが，堀さんは私たちの中に生きていて，堀さんの言葉は今も力強く，私たちを支えてくれます．

　堀さんは，自分が若くして精神疾患を発症したために，社会的に十分に貢献できなかったことが残念だとよく話していました．しかし，堀さんは 2010（平成 22）年〜2011（平成 23）年にかけて取り組んだ「こころの健康政策構想会議」（民間有志で日本の精神医療改革を目指し，当事者・家族の意見を聞きながら精神医療改革に向けた提言をまとめた）の当事者委員として，積極的に意見を述べ，提言作成に貢献しました．その後の「こころの健康政策構想実現会議」（提言を実現するための活動）にも積極的に関わり，日本の精神医療の改革を求め，当事者としての意見を発信し続けてきました．

　本書を出版後，堀さんはさまざまな人と出会う中で，「これ僕の本なんですけど，読んでもらえませんか」と丁寧に声

をかけ，1冊1冊を大切に手渡してきました．そして，「この本が全部売れたら僕はもう1回本を出したい．それが僕の夢なんです」とよく話されていました．その願いは堀さんの存命中には叶いませんでした．

　本書がとうとう品切れになった時，ブックレット編集委員会では何度か話し合い，堀さんの生きてきた道のり，堀さんの思いを伝え続けたいと思うようになりました．その最初の取り組みが電子書籍化でした．本が大好きだった堀さんからは，「電子書籍ですか，読んだ気がしませんな」と言われそうな気もして，やはり，新たないのちを吹きこんだ1冊を出せないかと考えるようになりました．

　編集委員の花野和彦さんが，文字起こしされた堀さんの多くの講演原稿に目を通し，第1版に収録されていない，しかも堀さんらしい発言を発掘し，まとめてくれました．短いものですが，私たちの心に響く内容で，それを終章「堀澄清さんの遺した言葉」として掲載することにしました．合わせて「統合失調症を生き抜いた人生」と改題しました．

　私たちが敬愛し，ともに歩んできた大事な仲間の堀澄清さんの本に新たないのちを吹き込まれ，多くの人たちに届けられることに大いなる喜びを感じています．

　自分の内面を見つめながら，病の体験を語り続け，精神疾患があったとしても，人生をあきらめることなく，したたかに生きようではないかという堀さんのメッセージをお届けします．

2018年9月

やどかりブックレット編集委員会

病気という重石を背負っての人生

難産の末にやっと生まれた虚弱児

　私は1937（昭和12）年，日中戦争が勃発した年の1月12日に北海道で生を享けました．ですから，1945（昭和20）年，敗戦の時はちょうど8歳でした．

　私が生まれたのは朝の4時ごろだそうですが，生まれた時は仮死状態だったそうです．かなりの難産で，鉗子によってやっと出てきた，というふうに母と祖母から，耳にたこが何重にもできるくらい毎日，毎日聞かされて育ってきました．夕方になって初めて産声を上げたそうですが，ひょっとしたら生き返るかもしれないと思ったのは夜の8時くらいになってからだったと言います．

　低体重児だったというふうに聞いています．だから，私の人生の出発点はひじょうに体が弱くて，病身でありました．私の小さい時のことを知っている人が存命ならば，同じ人間かと首を傾げるほど，今の私の姿と以前の私は違いますし，心の状態などもひじょうに違います．

　産婆さんが夜家を後にする時に，祖母に向かって「この子はどんなに生きても3歳まではむりでしょう」と言ったそうです．

　物心つくころから頭が痛いことがよくありました．私が頭が痛いということを言う度に，祖母や母は，鉗子によって取り出されたことが影響しているのではないかということをよく言っていました．頭痛が起こる度にぐっと意識が遠くなるんですが，はっきりした理由は今もってわかりません．でも，今は日常生活を送れないほど負担になることはないので，今は頭痛はあっても他人には言いません．

今日死ぬか，明日は死ぬかと……

　私は２人兄弟の長男，第１子なので，ひじょうに大事に育てられました．旧民法上の問題もあって，生きてさえいればそれでよいというような，今から考えるとそういうふうにしか思えないほど大事に育てられてきました．

　体はあまり動かすことをしないというよりも，動かすことができない子どもでしたから，どのようなことをしても基本的には怒られるということはありませんでした．ひじょうにおとなしくて，自己表現をすることが少ない，小さい子どもだったと言われています．嬉しいのか，喜んでいるのか，具体的には表情ではわからない，生きているのか，死んでいるのかさえわからないような，また，言葉が遅かったとは聞いていませんが，言葉がひじょうに少なかった子どもだったというふうには聞いています．動きが少なく，声も小さくて，泣き声もひじょうに弱々しかったと，祖母や母がよく言っていました．

　ですから，目覚めていても，いつも眠っているような状態だったから，手はかからなかったそうですが，常に今日死ぬか，今晩死ぬのではないかと一時も心が休まる暇がなかった，というふうにずっと聞かされ続けて育ってきました．

　私の記憶にある母親と祖母は，私が朝起きて部屋に行くと，母親と祖母とお柳(りゅう)さんという女中さんの３人で，「ああ，今朝も生きていた」ということを言うのですが，その言葉がひじょうに実感がこもっているのです．そういうことが毎日のようにあるものですから，ひじょうに小さい時から「死ぬこと」ということにたいへん関心がありました．

戦争が負けることを予感していた祖父

　私の祖父は三重県出身で，本居宣長の教えを信じている人で，その関係で家には本がたくさんありました．だから，私は5歳の時から祖父に漢文の素読を習っているんです．もうあの時代ではあまり一般的ではなくなっていました．
　北海道には1人で来たのではなくて，たくさんの人たちを率いて来ているわけです．
　祖父の家（私の生家）には防空壕がありませんでした．と言うのは，祖父が，旭川には爆撃はあっても，ここ（士別市）に飛行機が来ないうちに戦争が終るから，防空壕はいらないという考えだったからです．そういう意味では祖父は非国民でした．戦争が終った後は，逆に祖父がりっぱになったわけです．そういうことが，私が今でも，小さい時に得た道徳観はまちがっていないだろうという自負心みたいなものを持ち続けている原因ではないかと考えています．
　祖父は奥の部屋に座っていることが多くて，ことに引退してからは温室にずっといました．1年間に2回ぐらい屋敷を出て行くことがありましたが，祖父がいないと，元気な時は家の中を走り回ったりすることができたんですが，祖父がいると絶対にそういうことが許されませんでした．
　孫に向かって，めったに言葉を発しない人でしたけれども，何か威厳があって，物を言わない大きな漬物石というような感じの人でした．だから，離れに町の人が来た場合，子ども心にどの程度の人なのかということがわかるくらいでした．

私を取り巻く３人の女性

　私の幼いころは，まだ世の中が今のように物が豊富になる前の時代でしたが，私が物心つく前から，身の周りを見てくれる人がいました．柳という字を書いて，お柳さんというんですが，40歳くらいでしたでしょうか，そういう女中さんがいて，私の小さい時の自分の感情を表現する……他人に伝えようとすると，どうしても母に対する想いと，祖母に対する想いと，お柳さんに対する想いという，この３つの想いを三重に重ねないと全体にならないんです．どこに振ってもこの３つを合わせないと言い足らないんです．そういう状態で幼年時代を過ごしました．

　お柳さんは心がひじょうにしなやかで，柔らかい人でした．どのようなことをしても，何を言っても絶対に逆らわれるということがありませんでした．それは立場上，逆らえなかったということは，かなり大きくなってからだんだんわかるようになったのですが，慈母のような心の人でした．私が精神的に幼稚だったのは，お柳さんとひじょうに心が近かったということが影響しているのだろうと，今でも自分ではそう思っています．子どもの時というのは実に横柄だったと思うのですが，お柳さんに対して私はたいへん勝手でした．ある意味では，母のほうが祖母よりちょっと厳しいところがあって，私は弱かったせいか，ますます私の心というか感情がお柳さんのほうに向かっていったのではないかと，今はそういうふうに思っています．

　多分，１年生の時だと思うのですが，お柳さんをひじょうに困らせたことがあります．私がやったことをお柳さんのせ

いにしたのです．

　その時に，お柳さんの全身に表われた人間の表情というか，姿，それと顔，それに，もう1つの表情が3つとも一瞬に表われて，今でも私の心の中に鮮明に生きています．

　それは「私を困らせないで」という叫び，それから，私に対する憐れみの心，そして，もう1つは，人間としての悲しみ，この3つが複雑に絡み合った，今でもどうしても一言でうまく表現できないそういう姿，表情が，今でも鮮明に私の意識の中に生きているのです．

　今まで，病気のために周りの人にずいぶん迷惑をかけてきました．それは認めますけれども，意識的，意図的には他人を苦しめることをしないという，私は今でもそうしている大きな力は，お柳さんのその時の一瞬の表情が，今でも深く心に刻み込まれているからだとはっきり言い切る自信があるんです．

1年を4か月周期で暮らす

　虚弱だった私の姿を具体的に言いますと，小学校に上がる前のことですが，だいたい1年のうち3，4か月は家にいて布団に入っています．他の3，4か月ぐらいが起きているという状態で，残りの3，4か月は入院していました．だから，小さい時は，病院で入院している時も半ば家にいるような状態で，病院（医院）も家という感じでした．

　小学校1年生の時もだいたい1年間を3等分したように，3，4か月は入院していて，3，4か月は布団に入って，縁側越しに座敷から外を眺めて物思いにふける，というような子どもでした．3，4か月だけ起きていられるという状態でし

た．

　だから，ひじょうに内向的で，言葉も少なく，表情も乏しくて，泣き声も小さく，いつも眠っているような状態で，手はかからなかったけれども，周囲からすると，心配事の絶えない子どもだったそうです．

　学校に行っても，ちょっとしたことですぐ熱を出してしまったり，泣いてしまう心の弱い生徒として，ひじょうに扱いづらい子どもだったのだろうと思います．1年生の時もやっぱり3分の1ぐらいしか学校に行っていません．3，4か月ぐらい入院して，3，4か月は家で横になっている．そして，縁側の窓越しに空の雲だとか景色を見て，雲の動きに生き物のような感情を抱き，雲の動きに心が動いて泣いたり，喜んだり，笑ったりする子どもでした．

　普通，たいていの子どもがするように，わあわあ言ったり，走り回ったりするというようなことはほとんどない子どもだったそうです．自分でもそのことははっきり認めざるを得ません．

自分に対する周りの配慮への反撥

　ところが，私は周りの大人が私をあまりにも心配してくれることに，どこか堪えられないようになることがあって，時々，ふいと自分を消滅させたいと思うような衝動に駆られることがよくありました．元気な時，つまり3，4か月起きていられるような時には，よく家の周囲に出て行って物思いにふけっていて，自分でどこにいるのか時間とか場所をすっかり忘れてしまうというようなことがよくありました．

　私の家は家の中に灯りがつくと，どういう状態であろう

と，家に戻らなくてはいけないというしつけがあったのですが，そういう時にぼうっとしていて忘れてしまうというか，遅くなって，「澄清っ」と呼んでいる声ではっと気がつくようなことがよくありました．その場合，すぐ返事をして出て行けばいいのですが，探されているとなった途端に，しまったという気持ちが湧いてきて，またやってしまった，というふうに思ってしまうわけです．それで出て行くべきなのか，どうかって，今考えると，どうしてそういうことにあれほど迷ってなかなか出て行かなかったのかと思うほどなのですが，すっかり日が暮れてしまうまで探されるということがよくありました．

　活動的ではなく，小さい時から物思いにふけるというタイプだったので，そういう内気ではっきりしないという，優柔不断と言ったらいいのかもしれませんが，そういう私の心のありようを，しまったと思ったり，まずいなと思うことを重ねる度に，ますますそういう方向に，結果的にはなっていきました．

「死ぬこと」ということを常に考えていた

　私は戦時中，お菓子とかに困るなんて経験はまったくないんです．家には砂糖でも何でもありました．戦後は家が没落して皆と平等な暮らしになりました．私は子ども時代に，一生涯の良いことの大部分を4分の3は味わい尽くしたような気がするんです．あの時代はほんとうに恵まれていました．

　小学校の時は3分の1くらいしか学校に行っていませんが，幸か不幸か，ひらがなは入学前から読むことができましたので，家にいても寝床に横になって枕元に本を置いて読ん

でいるというそういう子どもでした．

　本を読むことだけは好きでした．それは，祖母や母が私を抱えてくれて，家に童話やいろいろな子どもの本がたくさんあったので，よく読んでもらっていました．だから，本を読むことが小さいころからひじょうに好きでした．ですから，小学校に入る前からひらがなを読むことができたのです．

　で，疲れると障子越しに，縁側を通して外を見て物思いにふけるというそういうことのくり返しだったんです．

　その時にどういうことを思うことが多かったかというと，大人の感情とはかなり違っていたと思いますが，「死ぬこと」ということの具体的な姿について考えることがひじょうに多かったのです．死んだらどうなるのかということや，自分がどこに行ってしまうのか，お柳さん，母などと別れなければならないのか，というような具体的なことがいつでも頭の中にありました．入学前から周りの大人に，死ぬことについて始終質問するものですから，子どものくせに老人のようなことを言う老成した子どもだというふうに，周りの大人からは言われていました．

　そういうふうな状態でしたから，家にいる時は，祖母や祖父からは言われませんでしたけれども，親戚の家へ母親といっしょに行った時には，やはり「年寄りのようなことを言う子どもだ」と言われました．

　これも学校に上がる前のことですが，「老成している」という言葉をよく言われました．子どもの時は老成ということがどういうことかまだわからなかったのですが，大人になってから，死ぬことばかりに関心があったので，そういうふうに言われることも，自然だったのかもしれないと思えるよう

になりました．

　さて，そういうふうに時間が流れて２年生になります．ところが，２年生になったら，学校には終業式１日しか行っておりません．乳母車に乗せられて，１日だけ登校したわけです．この時の経験と，今考えると，入退院をくり返していたということと，もう１つ加えた３つの事柄が合わさって，私の社会的不正に対する憤りの心を形作った原因の１つだと思っています．

　もう１つ理由があるんですが，それはずっと後のほうで付け加えようと思います．

一言話すのにひじょうに苦労する

　学業のほうは，あまりできませんでしたから，活字を読む以外はあまり好きではありませんでした．私の心が具体的に，現実に目の前にあるものに向かって動いたり，考えたりする人間ではなくて，何か心というか，感情というか，イメージによって周りのものを見ているようなところがありました．

　目の前にある具体的なものによって行動したり，心を動かすというより，心の中にあるイメージみたいなものによって毎日を送っていました．ひじょうに子どもらしくないことを考えたり，大人に聞いたりする子どもだったそうです……自分でもそう思います．

　床の間に掛け軸が掛かっていて，花が生けられていましたが，それが私は嫌いでした．理由は簡単です．生け花がみんなしぼんでいく，だんだん弱っていきます．それに堪えられなかったのです．そういうふうに花がしぼんでいく姿を見て

涙ぐんだりするということが，大人にうまく理解してもらえないところがありましたから，あっさり言葉が小さい時は吐けませんでした．
　だから，一言言うのにも，この言葉にするとＡの部分が足りないし，別の言い方をするとＢの部分が含まれているけれど，Ａの部分が欠けてしまっているというようなことを考えて，どうしても自分の感情をうまく言えない．あげくの果てにやっと一言言葉にする．
　そうすると，こう言ったけれども，Ａが含まれていなくて，うまく通じなかったのではないかというようなことをまた何日も，何日も考えてしまう．今はそういうことはあまりありませんが，当時はほとんどそういうふうに頭を使った，感情を使った，心を使ったような，そういう状態でありました．
　今でこそ普通に話すことができるようになりましたけれども，小さい時は一言話すのにも，おそらくその100倍以上のことを考えて，考えて，考えて，やっと一言……そういう人間だったので，人の前で言葉を発することにものすごい抵抗がありました．
　私は体が弱くて布団の中で過ごしている状態が多かったものですから，今のように，人に向かって普通に言葉を発するということがたいへん苦手でした．物心ついた時から，明日までいのちが持つかどうかという状態で，母親や祖母にたいへん心配をかけて育ったものですから，そういうことは耳に何重にもたこができるくらい聞かされて育っていますから，内気で，気が弱い人間に育ちました．母親と祖母とお柳さんに向かって何か物を言う必要がある時でも，こう言ったらＡという部分が伝わるけれども，Ｂという部分がうまく伝わ

らないなあ，どうしようかなあ，などと考えていると，「何をぐずぐずしているの，早くものを言いなさい」などと相手に怒られるわけです．ですから，小さい時から，「大人というのは私のことをわからないんだな」といつでも心の中ではそういうふうに思っていました．そして，やっとＢという言い方が頭に浮かんでくると，①のことは言えなくなって，②のことが言える．こう言ってもうまく言えないから，また考えていると，また怒られてしまう．そうすると，ますますしゃべることが億劫になってしまう，というふうな状態でした．これは学校に行ってもそうでした．それで，小さいころから周りの人間にひじょうに煮え切らない奴だと言われていました．小学校の高学年になってからだと思いますが，母親からでさえ，いつでもねちねちしていて，女の腐ったような男だということを面と向かって言われていたことがあります．私としては深く心に傷を負ったような状態でした．私の子どもの時代には，遊んでいても皆といっしょに遊べない，けんかをしても弱い，そういう子どものことを「秤(はかり)にかけても一文目」というはやし言葉が使われていましたが，私は「堀は秤にかけても一文目」というふうに言われて，一人前に扱われない．周りの友達からでさえ，「女の腐ったような人間だ」と言われながら育ちました．いつ言葉がすらっと出てくるようになったかというと，それは 45 歳になった時からなのです．

　生け花は，今では子どもの時のような感情ではなく，美の対象として見ることができるようになりました．かつては，自分が今晩死ぬかもしれない，明日死ぬかもしれない，とい

う状態に近かったからだと思います．死については，一般の人とはかなり考え方が違うと思います．生きることに対して，どこか真正面から向かい合わない人たちが，死を恐れるのではないかと私には映ります．

　そういうような状態だったので，私は小さい時からたいへん体が弱かったのです．小学校に上がると春と秋に遠足があって，往復とも歩きでした．私は行く時は歩いて行けるのですが，帰りはもう歩けない．熱を出してしまうとか，へたばってしまってどうしても歩くことができない状態になってしまうものですから，担任の赤樫先生に負ぶってもらって学校までもどってきていました．そこにお柳さんが迎えに来て，お柳さんに連れられて，乳母車に乗せられて家に帰った，というようなことを鮮明に覚えています．

大らかな社会環境の中でのびのびと

　さて，小学校3，4，5，6年生の時は，多少健康状態がいくらかは上向きになりましたけれども，ほぼ3，4か月ずつ，病院と家で眠っていて，後は少しだけ学校に行っている，という状態はあまり変わらないで小学校時代を過ごしています．

　今の小学校がどうなっているか知りませんが，私のころは担任が持ち上がりでした．赤樫先生という中年の男の先生が，学校の授業が終わった後，私の家へ勉強を教えに来てくださいました．赤樫先生が見える直前に着替えて，勉強を教わって，勉強が終わったらすぐに着替えて布団に入る，というふうな状態で何とか小学校を終えることができました．

今でも想い出に残っていることは，今の子どもたちはあまり自分と違う学年の子たちとは遊ばないようなのですが，私らの時はそうではなく，近所の子どもたちが連れだって川に泳ぎに行ったりしていました．2キロぐらい離れた所にひじょうにきれいな川があったのです．当時は今とは違って，上から下までの学年の子たちが連なって泳ぎに行っていましたが，川の縁に畑がたくさんありました．で，畑の物を取って，洗って食べてしまうなどということが許されていました．「だめだぞー」っていうようなことを言われるくらいだったのです．

　私たちも畑の縁からは取ってきたりはしますけれども，1列か2列目ぐらいの所の物しか盗らないようにしていました．それ以上奥に入ると大きな子たちに怒られるわけです．「それ以上入ったらだめだぞ」とたしなめられました．畑で働いている人にもそんなに怒られはしないという，そういうのんびりしたところがあって，そういうところが，体が弱くていつも床についていることが多かった割には，あまり心がひねなかった理由かなと思ったりしています．当時の子どもたちが置かれている環境がきつくなかったことが，そういう人間にしているのかもしれないと，よく考えたりします．

　私がひじょうに体が弱かったために，出された食事は全部食べなければいけないことになっていました．これは物心ついた時からそうなっていました．朝出てきた物を残すということはよくありますが，私の場合，お皿に手をつければ全部食べきるか，手をつけないか，のどちらかでないとだめなんです．だから，朝手をつけなかった物がお昼の食事といっしょに出てくるわけです．そして，お昼の食事に箸を伸ばそうと

すると，ばーんと叩かれるわけです．だから，朝の食事を全部食べきれなかったら，昼の物を食べることができないというふうにして育ったわけです．それが小さい時はひじょうに嫌だったんですが，今では好き嫌いがいっさいなく，何でも食べることができる人間になったということではとても感謝しています．

健康を初めて意識した時

中学の時にやっとある程度健康を持ち直して，暴れたりすることが少しはできるようになりました．この時はひじょうに嬉しくて，自分でもびっくりするほどの悪でした．いたずら坊主だったわけです．それは，私が最初に健康ということをある程度意識した最初だったと思います．走り回れること，好きなことをやれたということ，学業にいっさい関係なく気の向いたことがやれたのです．そういうことが私をかなり積極的ないたずら坊主にしていたと思います．本を読むこと以外は，勉強は好きではありませんでした．

とにかく何か月間もぶっ通し休むということはありませんで，休みがちではありましたけれども，3年間かろうじて通学して，卒業することができました．

私は親から怒られた経験が2回しかありません．1回は，先程ちょっと言いましたが，ほんとうは自分がやったことなんですけれども，お手伝いのお柳さんがやったという嘘をついたために，母親と祖母から厳しく怒られて，ロープに縛られて井戸にぶら下げられたことがあります．

どんなに泣いても，井戸に蓋をしてしまうから暗くなって

しまいます．おまけに，井戸の中は結構寒い．そんな状態の中で泣き疲れてしまって，ぐんにゃりしていたのではないかと思うんですけれども，やっと上げてもらったことがあります．

いちばん厳しく怒られたのはそのことと，納屋に入って祖父が大切にしている物を入れてある箱があったのですが，その箱は絶対に蓋を開けてはいけないと言われていました．ところが，ある時その蓋を開けたところ，ひじょうに怒られました．怒られたのはその２回だけです．

それで，大人になってから思ったことは，子どもというのは小言を始終言われていると麻痺してしまって，効き目がなくなるのではないか．私はたった２回ですが，徹底的に怒られて，大人になっても，確かにあのことは悪かったというふうに自分で心底思える経験が，ほんの数回あるだけで，悪いことをするような人間になったりはしないのではないかというふうに私は思います．

思索的な時間を過ごした高校時代

高等学校へは 1952（昭和 27）年に入学し，1955（昭和 30）年に卒業しました．

中学を終えて高校になると，自分でもちょっと不思議なのですが，物事を具体的にはあまり考えていません．思想とか，哲学，あるいは心というところに関心が向いており，学業には何にも関心がなかったという状態でした．

少しだけ具体的に言いますと，高校の時には，中学生と小学生までの時とは自分の行動がずいぶん違いますから，私にとっては心だとか，思想だとか，哲学だとか，善と悪だとか，

それから時間の流れ……時間と心とたった一言で言いますけれど，それは雲の動きに自分の感情のようなことをいつでも投影していたのです．そういうことを時間と心と言っているのですが，そういうところに関心がいっていて，具体的な事柄についてはほとんど関心がありませんでした．だから，自分でもちょっと不思議な時代だった，という感情が今でもあります．

　普通の子どものように，言葉がさっと出てこなくて，一言にものすごくたくさん，ああでもないこうでもないと考えなければ1つの言葉にできなかったりというような，そういう微妙さを克服しようと思っていましたが，結局それは高校時代にもできませんでした．大枠では，私は精神的に年齢相応の心が成長していたというふうには言えません．

　ほとんど3年間，明け方まで本を読んでいて，学校へ行っては眠っているというような状態でしたから，学校の成績はいつでもびりでした．でも，そういうことが許されて，あまり劣等感を感じなかったというのが今との違いだと思います．学校の成績では負けても，結構できるというか，私らの時代は1人1人好きなことがかってにできて，何かの時には下っ端でも，別なことでは順位が入れ替わるということが自由に行われていて，内向的で，うじうじしていたのですけれども，そのわりには心がひねなかったと自分では思っています．

　家に明治時代の本や漢籍がたくさんあったので，漢文を読むことにはあまり抵抗がありません．だから，私の道徳観は大枠では儒教的です．

　よく私の時代は「知情意」というようなことを言いまし

が，ものを考える理性的なこと，感情的なこと，それから，知情意を兼ね備えた人間になろう，という衝動が，高校を卒業して世の中に出ようと思い，事実，東京へ出て行きましたが，現実問題として，社会に出て働けるような心のありようではありませんでした．今から考えれば，ひじょうに幼稚だったと思います．

　自分の性格から，人とつき合うのがわりと苦手だったものですから，高校を終えるころには電気技師になって，山の中の発電所に勤めることができたら，番人が数人というところもありましたから人とつき合わなくてもいいので，エンジニアになることを目指して，上京しました．

自分が押しつぶされてしまうと絶叫

　高校を卒業した時に，家から自由になりたいという，押さえ難い欲求がありましたので，いっさいの反対を押し切って上京しました．

　現実の社会を，田舎の，のんびりした農村のような所に人がいて，社会が動いているというくらいのぼんやりした意識しかありませんでしたから，現実に社会に出ようとした時にはひじょうな圧迫でした．

　東京に出てきて板橋に住みましたが，まず人間の多さと，どこまで行っても隙間がないこと，それから車の多いこと，人の多いこと，騒音で静寂というのがまったくない，そういうことが私にとってはたまらない……今の用語を使えば強度のストレスを感じたわけです．上京してたった2か月くらいでおかしくなってきました．最初に，眠れなくなりました．きっかけは簡単です．最初は車の騒音がうるさいなという状

態だったのですが，まず救急車の音に驚きました．一晩中走り回っているのです．あれで最初は眠れなくなりました．

　それから半年ほど経った時，ほぼ8か月くらいですが，その半年くらいの間に，昼間でも夜でも，自分が何か目に見えない精神的なたいへんな圧迫感を受けて，消滅するのではなく，つぶされてしまうという感覚になって，恐怖感に耐えられなくなって時々絶叫してしまうようになりました．

　それで周りの人たちからも言われますし，警察が来る，というような事態に至りました．それで秋に順天堂に行ったのです．なぜ順天堂かと言うと理由は簡単です．私はひじょうに目が悪いので，当時順天堂に中島というたいへん高名な眼科のお医者さんがいて，その関係で上京してほんのわずか経った時に，順天堂に行っていました．その関係で順天堂の精神科に行くことになったのです．10月から翌年の春まで，多分2週間に1回だったと思いますが順天堂に通いました．

　しかし，状態は不安定で，不安感だとか，幻聴……自分にだけ他人の声が聞こえてくるのです．それから妄想……ありもしないこと，現実でないことを自分で信じてしまうということがあるのですが，私の場合は迫害妄想と追跡妄想という2つがありました．

　それで症状がだんだん悪くなって，翌年の春先までで，東京にいることがほとんど不可能な状態になりまして，翌年，1956（昭和31）年に北海道に帰り，刑務所で有名な網走のすぐそばにある北見の日本赤十字病院の精神科に自分から入院しました．これが精神病院の入院生活最初の経験です．

インシュリン治療による恐怖の体験

　私と同じような経験をされた方が多分いらっしゃると思いますが，入院した時はほんとうにほっとしました．安堵感に浸ったというのがその時の私の心に近いと思います．

　はっきりしたことは忘れてしまい，いくら考えても思い出せないのですが，2か月くらいした時から，インシュリンによる治療が始まりました．その最初のインシュリンの時に，ひじょうに耐えられないような恐怖感に襲われました．

　インシュリンを受けると，意識がだんだん霞んできます．その時に，今でこそ，町にちんどん屋は見かけなくなりましたが，昔はピエロのようなとんがった帽子を被っていたんですが，それを逆さまにたらしたような物が見え，そこは薄明かりになっているんですが，底のほうは真っ暗で，何にも見えない，完全な闇になっているのです．そこに頭が先になって，自分の体が螺旋(らせん)のように回転しながら落ち込んでいく．完全な闇の中に落ち込んでいくというか，吸い込まれていくというか，そういう恐怖感にかられて，意識がなくなってしまうのです．後でそのことを医者に話しましたけれども「治療上必要だから止めるわけにはいかない」と言われました．以降，私は3クール，インシュリン治療を受けていますけれども，2回目からはそういう状態になったことはありません．はっきりとはわかりませんが，インシュリンの単位が減ったのではないかと今でもずっと思っています．

　北見の日赤で嫌だったことはそれだけです．病棟は完全閉鎖でありましたけれども，ひじょうに居心地はよかったです．病院の構造はカタカナのロの字になっていて，2階建病棟な

のです．中の空間は精神科の人たちの遊び場です．

　それはずいぶん嬉しかったのですが，今考えてみると，医者も看護婦も患者が中庭に出て遊んでいる時には手がかからないわけです．完全な2階建てで，すべての病棟から全部丸見えですから，逃げようにも逃げ出す術がないわけです．逃げるといったら，自分たちが入っている精神科の病棟しかないわけです．中庭には出入り自由なわけですから，そこに出て遊んでいました．

待遇はよかったが死の誘惑にとりつかれて

　当時は，今考えると，ずいぶん病棟の質はよかったです．例えば，コンサートなどがよくありました．医者や看護婦たちが私物のレコードを持ってきて，定期的にコンサートをやってくれる，自分の得手な，好きな曲について解説しながら，コンサートが開かれるようなことがありました．クラシックの室内楽が多かったのですが，私は幸いクラシック音楽が好きだったから，余計そういう感覚が強かったのかもしれませんが，あまりそういうことに関心がない人たちは別に聞かなくてもよくて，その時好きなこと，例えば，将棋をやっていてもいいし，碁をやっている人もいましたし，トランプや花札などもよくやっていました．

　それから，本をたくさん読んでいる看護婦や看護士がいて，本の内容に関する話を病棟内で，個人的にずいぶんできました．だから，管理されているというような意識はあまりありませんでした．

　ただ，時々，理由ははっきりわかりませんが，不満はありませんでしたが，湧き上がってくる死の誘惑みたいなものが

あって，時々自殺しようと思ってよく病棟の中をぐるぐる歩いたり，今晩は絶対死のうなどと思って，いつまでも起きていると見つかってしまう，というようなこともかなりありました．それが3年半というある程度長かった入院期間になった理由ではなかったかと思います．そして，日赤に3年半いて，家で1年ほど養生しました．

　その間に大学は除籍になって，復学することはできませんでした．

　1年ほど家にいると，何とか働こうという気持ちになってきて，親父があまりいい顔をしませんでしたから，医者とは相談していたと思いますけれども……薬をもらいに通っていますから，医者とは関係があったと思います．それで，どうしても働こうという気持ちになって，職探しに札幌に出かけました．しかし，職を探している最中に幻聴が出ておかしくなり，救急車で平松精神病院に運び込まれました．

太い注射をされて急激に意識を失う

　平松精神病院に着いた時，診察室で何の説明もなく，たった一言「腕を出して」と言われただけで太い注射をされました．腕の半分ぐらいもあるような太い注射にはどす黒い注射液が入っており注射液が体内に入ったか入らないかの瞬時に意識を失ってしまいました．病院に着いてすぐそういう注射を打たれて，あっという間に意識を失ってしまい，気がついたら，窓がまったくない畳の部屋で，70人くらいの人たちが入っている大きな病室に入れられていました．そこに天井から蛍光灯が2本だけぶら下がっているだけでした．だから，部屋の隅のほうは薄暗いのです．畳部屋に布団を敷いてあり

ました．

　初めてそこに入れられた時はみんなひじょうに抵抗感があって，何とか出よう，出してもらおうと喚(わめ)くのですが，そういうふうにすると入っている人間が「そうやると絶対に出してもらえないから静かにしないとだめだ」と皆口々に言うのです．

　ほんの数日間でそういうことがある程度わかってきて，だんだん静かになっていきます．そして，皆，何も言わなくなっていくのです．始めのうちは憤りの気持ちがあるのですが，短期間でそういう気持ちもいっさい湧いてこなくなり，少しずつ絶望感に変わっていきました．

　治療らしい治療はまったく何もありません．そこではいじめられるということもありませんでしたけれども，私はそこに3年入れられていました．窓のない60〜70人くらい入っている大部屋に，看護婦が入ってきたことは一度もありませんでした．そういう病院でした．

　食事は鉄の扉の所に小さな窓があって，そこに呼ばれて渡されるんです．まるで囚人扱いでした．

　布団はびっしりくっついていて，ほんの少しでも起き上がって歩く場合は，他人の布団の上に足が上がってしまうわけです．そうすると，喧嘩を始める人がいるんですが，たいていはそういう意欲もいっさいなくなってしまいます．3年いて，よく荒廃に至らなかったと思いますね．それが自分にとってたった1つの救いです．

楽しかった過去への追想だけで生きていた

　では，どういうふうにして3年過ごしていたかと言うと，

現状を改めよう，何とかしようというふうにしばらくの間は考えますけれども，病室の中にいる間，希望というものがまったくありません．私は，幸いにして，敗戦の時8歳でしたが，その時までに結構恵まれた暮らしをしていました．だから，病室にいる時は，自分にとって遠くなった過去への追想だけで，起きている時は生きていたように思います．治療というものは基本的に何もありませんでしたから．

　自分でも不思議に思うのは，風呂に入ったという感覚がまったくないのです．3年，風呂に入れられなかったということはなかったと思うのですが，いくら考えても，思い出そうとしても，風呂に入ったという記憶がありません．退院するほんの数日前に，そこから開放病棟のような，ベッドとベッドの間が歩けないくらいベッドがつまった部屋に移されましたが，その時からほんの数日で退院ということになりました．

　その時も，いきなり呼ばれてベッドの部屋に移されただけで，何の前触れもありませんでした．そういうことが，今思い出すと，1年に2人ぐらいいたような気がします．

　1年間風呂に入らなかったらどうなるか想像できるでしょうか．60〜70人は入っている大部屋に入っている患者はまったく風呂に入ったことがありません．その部屋で死ぬまで風呂に一度も入ったことがなくて，入院しっぱなしで死んでいった患者がたくさんいると思います．

　私は3年経った時に呼ばれて，鉄の扉の外に出されました．そして，「すぐに風呂に入りなさい」と命令されたのですが，救急車で入院してその部屋に入れられたきりだったので，風呂がどこにあるのかもわかりません．病院の人に連れて行かれて風呂に入って，上がったら病院の人が待っていて，もと

の部屋に行くのでなく違う部屋に行くというんで，初めて布団を敷きっぱなしの部屋ではなくてベッドに移されました．そして，3日目だったと思いますが，何の前触れもなく「はい退院」となったのですが，お金も何も持たないまま病院の玄関にいました．すぐは気持ちがちゃんとならなくて，病院の玄関の前で途方にくれていたのですが，半日以上経ってから，やっと札幌に親戚があるということを思い出して，交番で尋ねながら，やっと自分の記憶にある親戚の家へ尋ねて行ったということがありました．

そういうふうな状態でしたから，古い本に書かれているような「荒廃」という状態の患者がいました．例えば，垂れ流しの患者がいる．また，自分で排泄した物を自分で食べてしまう人もいました．看護婦は何もしてくれませんでした．そういう所に3年も入れられていました．退院したのは26歳の時でした．

北見の日赤は私にとって，病院としてはひじょうによかったのですが，その後，まったく偶然に平松という精神病院，地獄のような所に入ったので，退院して家に帰ってきても，1年近くはただぼうっとしていて，何もものを考えられない状態だったのです．

ほんとうは裁判に訴えたいが

私が入院していた日本赤十字病院や平松精神病院の時代の法律は精神衛生法が適用されていた時代で，精神障害者が街の中で生きることを保障するというものではなく，精神障

害者を病院の中に閉じ込めておくことを主眼にした法律でした．私はほんとうは平松精神病院を訴えて裁判を起こしたいのですが，私自身のカルテが私の手元にないので，証拠不十分で裁判に持ち込めないのです．

　3年間も風呂に入れない精神病院がほんとうにあったなど信じられないかもしれませんが，私が街に出てきていろいろ親交を持った人の中には，似たような経験をした人はたくさんいます．例えば，立った時に膝までしかないお湯の中を10歩前後歩くだけでお湯に入ったことになるという，入院していた期間に肩までお湯につかったことがないという人は大勢います．さすがに3年間入らなかったという人にはお目にかかったことはありませんが，1年間風呂に入らなかったという人には会ったことがあります．膝から下のお湯の中を歩かせるという所は日本にたくさんありました．

医療に寄りかかれない人間になった

　家に帰って，病院で受けてきた処遇に，ちょっと言葉にできないような腹の底から湧き出てくる憤りの感情が湧いてきたのは，1年近く経ってからでした．それまではただぼうっとして家で横になっていて，ただご飯だけ食べて，過ごしていたという状態でした．

　平松精神病院には親父が3回，弟が1回面会に来ているのですが，1回も会わせてもらっていません．面会に来たこと自体も病院にいる間はまったく何の連絡も受けておりません．すべて退院してわかったことです．

　今ではそれほどひどい所はだいぶ減ってきたと思いますが，まだまだ劣悪な精神病院は日本ではひじょうに多いで

す．私は今はクリニックにちゃんと通って薬は飲んでいますが，元気が続く間，精神障害者があたり前に町の中で暮らしていけるような，また，医療を受ける場合でも，ちゃんとした医療を受けられるような，そういう改革運動に尽くしたいと思っています．

　私は平松精神病院を退院した後，腹の底から精神医療に対する不信感が湧きましたので，26歳から45歳までの20年間，まったく医療の世話になっておりませんし，薬も飲んでいません．状態はひじょうに悪かったです．幻聴もありましたし，妄想もありました．町の中にはいましたが，ほとんど床に横たわっていました．

　そういう状態では働くことはまったくできませんでしたから，生活保護を受けておりました．ところが，45歳の時に，理由はわかりませんが，妄想も幻聴も消えてしまいました．

　私は私が18歳の時に発病した理由は，社会生活を送れるようなところまで自分の心が成長していなかったということが理由ではないか，と思っています．

　私の場合20年間横になっていたのですが，普通の人が14〜15歳から22〜23歳までに獲得できる大人の心境を，45歳の時に獲得したのではないか，それで幻聴や妄想が消えたのではないか，と思っています．東京大学出身の岡崎祐士先生（現都立松沢病院院長）丹羽真一先生（福島医大教授）にそのことを話したところ，「そういうことは考えられるでしょう」と言っておられました．医学的な診療を受けておりませんので，はっきりしたことは言えませんが，私は個人的にはそう思っております．

　45歳で症状が消えた時に，内向的で，神経質で，気が小

さくて，くよくようじうじしていて，決断ができない心のありようが，45歳の時に克服できました．あれほど言葉を発することが苦手だった人間だったのが，人ともわりとフランクにつき合うことができるし，言葉もだいたいスムーズに出てくる状態になったのです．それで，45歳から50歳までは子どもに勉強を教えて暮らしていました．

　この時の気分というのは周りがよく見えるようになったということがあります．それまでは自分にとって都合のいいように周りを見ていたように思います．それがフランクにというか，自分の先入観をあまり入れないで自分の状況が見られるようになってきました．そうなったから症状がよくなったのか，症状がよくなったからそうなったのかは，自分ではわかりません．それを突きつめてちゃんと話せるようになれば，私の経てきたことが他の人にも適用できるようになるのではないかと思って，そのことは一生かけて明らかにしたいと願っています．

　平松精神病院を退院して1年近く経ってから，発狂しても絶対に精神病院には入院しないという決心がはっきり固まったのです．

　幸か不幸か，私の場合は医療との関係の持ち方がひじょうにゆがんでいました．あまりにも私にとって平松精神病院が悪かったために，医療に寄りかかるような人間に私はなれなかったわけです．

　その後，また，働こうと思って，実は京都に行ったのですが，どうしても京都で職を見つけることができませんでした．

　子どもの時に，家の離れで，女の人たちが踊りをしていた

り，バイオリンを弾いている人がいたり，琴の音が響いているのが日常だったので，そのような日本に憧れて京都に行ったのですが，働く所を見つけることはできませんでした．

それで，美術館だとかをぐるぐる回っていました．そういう所が好きなのと，安くて1日中いられますから，そういう所をあちこち行って見て歩きました．そうこうするうちに，浦和に弟がいましたので，そこで一時身を休めようと思って浦和にもどってきました．臨時にちょっと立ち寄ろうと思って来たのが，浦和に住み着くようになって今日に至っております．

家庭教師を始める

さて，浦和に来ましたけれども，やっぱり働く所が見つかりませんでした．弟と別れて小さなアパートを借りて，藁半紙1枚に「勉強教えます」と書いて貼り出しました．このことがきっかけで，映画館をあちこちに持っている人に抱えられることになって，その人の屋敷に住むことになったのです．そして，小・中学生の3人の子どもの勉強をみるということで家を1軒与えられました．屋敷の中に家があって，そ

こで私は 1 人で住んでいました．そこの子どもとその他の子どもたちに少しずつ勉強を教えながら，1 日 2 時間ぐらい起きていました．もっとも，横になっていることが多かったのですが……その子どもたちの友達を中心に 20 人ほど生徒が集まってきて，かろうじて暮らしていました．でも 100％経済的に自立できたわけではありませんでした．不足分は生活保護で補っていました．

　50 歳を目前にした時，小さい時から考えると，今晩死ぬか，明日死ぬか，というような状態で母親，祖母，お柳さんに守られて，何とか命を長らえることができたわけです．大学に入るとすぐ状態が悪くなって病気になってしまいました．だから，自分の足できちんと生きたことがないわけです．そういう状態で，ほとんど 100％に近い自分の人生への否定感しかなかったのです．

　当時はまだ人生は 50 年という言葉が生きていた時代だったので，「ここで死ぬんだったら生きた証を 1 つだけ残さなくてはならない」という心境に駆り立てられて，何かしなければいけないという考えになりました．それで，山口県の湯田温泉で，裁判をやっている団体の全国集会があることがわかったので，そこへ行こうと考えました．

　1945（昭和 20）年 8 月 15 日の正午に，ラジオで戦争終結を告げる天皇の玉音放送がありました．その放送が始まる前に，祖父が，「戦争が負ける放送」だと言ったということを祖母が家の者を集めてそう言っていました．そういう祖父だったものですから，戦時中は「戦争に協力しない」というスタイルだったので，私の家は「非国民」でした．そういう家に育っていましたので，社会的に不正義だと思うことには

何となく力を貸したくない，という考えが私の心の中であったわけです．そういう意味で，裁判を起こしていた人の支援に行こうと思って，山口県の湯田温泉まで行って，その全国集会に参加して，大阪まで帰って来た時に，やはり頭がおかしくなり，大阪の箕面市の山の中で半年ほど野宿生活をしていました．

　半年間というもの，浦和に自分の部屋があるという考えがまったく湧いてきませんでした．湯田温泉に行ったのは秋でしたが，山の中にいて，半年経って，春先になって浦和に部屋があるということにはっと気がつきました．ところが，その時はちょうどお金がなくて，浦和に帰って来ることができなかったのです．それで，106番を使ってコレクトコールで，友人の野村（仮名）氏に電話をして，「大阪にいるけれども，お金がなくて浦和に帰ってくることができない．申し訳ないけれどもお金を送ってもらえないか」と頼んだら，「じゃあ送ってあげよう」ということで，私の指定した郵便局にお金を送っていただきました．それでどることができたのです．

　浦和での生活がふたたび始まりました．借りている家の子どもたちの友達の中には，私に面と向かって「先生，病院に行ったほうがいいよ」と言う子どもがいました．

　よく，親の家に呼ばれました．周りの人たちは，この人は病人ではないかというふうに思っていたと思います．だから，精神科の医者がお茶を飲む時に同席していたこともありました．私みたいな人間に子どもを預けて，お金を払ってくれて，夕食などに呼んでくれた人たちには，心底感謝しています．

　私がいろいろな妄想や幻聴に苦しんで，横になったり，少し働いたりした経過の中で，今の私を作ったのは，2つ目の

平松精神病院から退院して来た時に，どんなことがあっても，発狂しても，病院には入院しないという心境にしたことが，今の私を作ったエネルギーになったんだと思います．だから，自分の能力で読める範囲内の精神病に関する本は，手当たり次第，何でも読みました．

　私の幻聴は私1人にしか聞こえないもので，他の人にはまったく聞こえません．その幻の声の内容は私を追及するものなのです．例えば，悪いことをするとその追及する声が聞こえてくるのです．「そんなことをした覚えがない」と言うと「嘘を言っている」と言ってどこまでも問い詰めるような声が聞こえてくるのです．

　もう1つは，他人から迫害を受けて追われているという追跡妄想と迫害妄想があり，それに幻聴を加えて3つの症状がありました．この症状は26歳で平松精神病院を退院してから45歳まで町の中に20年間いましたが，その20年間ずっとこの3つの症状がありました．入院している時よりも状態はずっと悪かったのです．

病気だと知りながら助けてくれた人たち

　私が50歳を目前にした時に，浦和の隣にある越谷市に，埼玉県で第1号の全開放の南埼玉病院というのができました．多分新聞で見て，電話で問い合わせて，それから病院にも行って周りから見てきて，日を改めて病院に連絡をして，病院の内部を見せてもらいました．

　そうして，50歳の時に，ここだったら入院して嫌だったら隣町のことだし，全開放ですから逃げて帰れるだろうということで，そこに入院しました．南埼玉病院に行ってみたら，

北見の日赤病院ほどではありませんが，平松精神病院とは雲泥の差でした．そこだったら我慢できるという印象を受けたので，50代はずっと南埼玉病院で8回入退院をくり返していました．そして，62歳の時に通算10回目の退院をしてきました．

「まごころ」で働いて得た生きる喜び

　さて，還暦を過ぎてもまだ状態が安定しないで，どうしようかと思っている時に，やどかりの里のことが私の昔の電話帳に記載してあるのですが，そのことが夢に出てくるようになったのです．それで，ある程度調べて，やどかりの里に登録してお世話になることになりました．

　そして，しばらくしてから「まごころ」で働くようになりました．

　私は20代の後半から少しだけ，1日1時間半から2時間くらい起き上がって，ちょっとだけ，辛うじて命永らえる程度に働いていましたが……働くと言ってもほとんど周りの人たちに助けられていたわけなので，気持ちの上ですっきりしていないわけです．

　「まごころ」で働くようになって，私は週に1回しか働いておりませんが，それでもこれがほんとうに働いたというか，「生きた」という，私に人間としての喜びを与えてくれるのです．こういうふうな感情になったことは18歳で統合失調症に罹患してこの歳になるまでありません．だから，たった週に1回なのですが，「まごころ」に行って働くということは，私にとってたいへん大きな喜びなのです．そういう所を作ってくださった創立者の谷中先生や，今のように大きくなるま

で，いろいろな人が力を尽くしてくださったこと，あるいは，現在の職員，今は遠くに行かれたようなありとあらゆる人たちに，ほんとうに感謝しています．満足しています．

　先ほど述べたように，50歳から62歳までの間に，改めて私の通算4年間の入退院生活が始まることになったわけですが，私の50代というのは，1つの病院ではありますが，8回の入退院をくり返して，62歳の時に10回目の退院をしてからは入院をしておりません．
　「やどかりの里」に登録するのはそれから1年後ですが，登録するかどうかでたいへん迷いましたし，悩みもしました．私は今まで自分の足で人生を生きてきたことがないのです．登録すれば，精神障害者として，また「やどかりの里」に世話になることになります．そうすると，自分の人生に対してまた負が増えるだけです．そのことを1年間悩んだ末，63歳になって，新しい展開がほとんど期待できないというほとんど諦めの気持ちで．「しかたがない．もうどうにでもなれ」というような気持ちで「やどかりの里」に登録しました．ところが，1年間迷ったり悩んだりしたこととは正反対の状態になりました．自分の今までの体験を「やどかりの里」のメンバーを前にして話してみる，という機会が与えられて，それが出発点になって，いろいろな方たちに話をするチャンスをいただきました．

　私は精神病院に自分の症状から言って保護室の必要性は認めます．しかし，閉鎖病棟は必要ないと思います．閉鎖病棟に入れられると，それだけで意欲を失ってしまって，それだ

けで症状がますます悪化すると思うのです．これはどうしても訴えたいところです．

　今は，私の人生相対的にマイナスばっかりだったんですね．で，こういう講演をしたりして，精神障害者のあたり前の姿を知ってもらって人権を確立する，そういう運動につながっていくところだけがプラスなわけですね．ですから，人生の総和が69年間，マイナスとプラス，帳尻が合って，ちょうどゼロになるまで，今までの場合は98％くらいマイナスなわけですから，それが何とかしてマイナスプラスゼロになるまで活動を続けていきたい，そういうふうに思っています．

あまりにも自然からかけ離れた人間

　人間の心にも進化論的なことが言えると私は思っているのですが，私ぐらいの年齢で田舎に育った人間にとっては，農村的な社会に郷愁を覚えたり，安堵感を抱いたりするところがあって，文明に囲まれた暮らしというのが，ほんとうに人間の心をしっとりさせるかどうかということに，私はかなり疑問を持っているのです．

　例えば，土をほとんど知らない大都会の真中に育った子どもでも，1か月間くらい山の中に連れて行って，ほったらかしておく．私自身はそういう経験をちょっとだけしているのです．私は自分が弱っていたので山へ行って休んでいたのです．その時に，汗をかくのが絶対に嫌だという子どもがいましたが，そういう子どもでも，山の中に1か月近く暮らしていると，走り回ったり，汗をかくようになるのです．

　そこで，そういう事例をあえて普遍化すると，人間という

のはどうしても土の動物だというふうに私は思わざるを得ないのです．生き物はほんのわずかでも土がなければ，空気があっても絶対に生存し得ないのです．

空気の中にも生き物はいるではないか，と言う人がいるかもしれませんが，それは植物とかそういうものがあり，空気の中にも菌が浮遊しているわけなんですが，完全なる石だったら絶対に生き物が生存できないわけなのです．

だから，心の安堵感というか，ほっとするごく日常の暮らしの中で，ごろんと寝っ転がった時……私はそういう条件を与えられた時が一瞬一瞬だと思うのですが，木があって，緑があって，梢の音があって，クーラーではない自然の風に体が吹かれて，視界があまり遮られないという，そういう所にぽんと置いておくだけでも，現代人のいらいらした心，荒れた心は，1年間くらいほっておけばかなり癒されるだろう，と思うのです．それは人間の，自然としての生物の根源に近いからだろうと思うのです．だから，暮らしを良くしようとするために，文明的なものを身の回りにたくさん置くよりも，より原始的な自然の状態で，文明の利器をも取り入れられた環境を作っていくことが，たいへんいいのではないかと思っています．24時間というのは絶対に長くすることも短くすることもできませんから，24時間ほとんどを文明の利器によって埋め尽くすということには，どうしても私は個人的には全面的に反対せざるを得ません．

医療には寄りかからないで

私は平松病院を退院した後に，どんなことがあっても絶対に精神病院には，発狂しても入院はしないという心境に，す

ぐになったわけではありませんが，ただ，ぼうっとしていて何にも考えられなかったということはあります．

　それから，私の両親は，私が精神病になったからといって，ひじょうに心配していたのは事実なのですが，私に向かって，何をしなさいとか，こうやってはいけないというようなことはいっさい言いませんでした．

　しかし，私のようにすることは，基本的に私は皆さんには勧めません．ただ，医療を絶対だというふうには思わないでほしいと思います．そこは多分大切な点ではないかと思うのです．この病気の責任は実は自分にあるのであって，自分で自分の心を大人にしなかったら絶対にだめだというのが私の結論なのです．

　先生の言うことをそのとおりだと思うのではなく，先生がこう言ったということであっても，患者は自分なわけです．だから，いつでも自分にとってどうだったかということが大切だと思うのです．いつでもこう言われたことが，薬を飲んで状態がよくなったか，悪くなったか，そのことをノートにつけることをお勧めしたいです．

　ノートの見開きのページを5つくらいに区切って，縦には1年中の日付を全部入れておく．横には毎日自分の状態を5つか6つの項目にして，該当する項目の所に○をつけていくようにするのです．

　そして，自分で時々それを見て，あの時の状態と同じかどうかの自己判断を，可能な限りできるためのストックを自分で作っていかなくてはいけないと思います．場合によっては，他人に寄りかかることも必要ですけれども，全部寄りかかることは私は賛成しません．

今，生け花は美しく見える

　生け花は，今はここまできたら，子どもの時のような感情ではなく，美の対象として見ることはできるようになりました．かつては，自分が今晩死ぬかもしれない，明日死ぬかもしれない，という状態に近かったからだと思います．死については，かなり一般の人とは考え方が違うと思います．私にとって死は必然であり自然現象です．だから，私は死の準備は一応してあるのです．生きることに対して，どこか真正面から向かい合わない人たちが，死を恐れるのではないかと私には映ります．

やどかりの里にたどり着いて

やどかりの里を訪ね歩いたが……40代

　私が「やどかりの里」という名前を最初に知ったのは新聞による記事でした．当時，私は1日に2時間ぐらい起きているのがやっとという状態で，床の中で新聞を読んだり，本を読むという暮らしをしていました．
　その記事はやどかりの里の運営がたいへんだというものだったという記憶が残っています．私が40代に入ってからだったと思います．
　当時は大宮の市外局番が4桁でした．私は隣の浦和にいましたから，市外局番で問い合わせています．その時電話に出たやどかりの里の人と何回も言葉を交わして，答えてもらった意味を，受話器を置いてしばらく考えるうちに，少しだけ私の頭にまとまったことは，やどかりの里は統合失調症を患った人たちを真っ当に扱ってくれる所らしいということと，組織は互助組織，お互いに助け合う組織だということでした．これが正しいかどうかははっきりはわかりませんが，私の頭にはそう描かれています．
　それから数年間経って，訪ねて行こうと思って行動を起こします．今でも当時と同じ部屋（その後転居した）に住んでいますが，今だったら自転車ですぐ来ることができる所なのですが，その時は場所がわかりませんでしたから，大宮まで行って，交番で聞いて，それからずっと歩いて行きました．
　ところが，どうしても訪ね当てることができなかったのです．何回も聞きました．交番で地図まで書いてもらったのですが，どうしても「やどかりの里」を訪ね当てることができなくて，帰ることになりました．

大宮駅に着いたら，京浜東北線の終電車が出た後でした．それで，大宮から浦和まで歩いて帰りましたが，自分の部屋に着いたのが午前2, 3時過ぎでした．

昼間に家を出てきたのですが，どうしても訪ね当てることができなくて歩いて帰る間，私の頭に浮かんできたのは，次のようなことでした．

世の中に対して何もできない自分

私は仮死状態で生まれており，いつでも死ぬ，今晩死ぬか，明日死ぬかという状態で幼少期を過ごしてきたので，小さいころから死ぬという具体的なことをいつでも考えていて，祖父や祖母，それから母親だとか，私の周りにいる大人たちに，そのようなことを聞くものですから，子どものくせに老人のようなことを聞く子どもだ，と言われて育ちました．そういうふうに周りの人たちにずっと援助されっぱなしで生きてきたわけです．自分から，周りの人たちや，世の中に対して，何がしかのことをしようということは，頭では考えることはありましたが，現実問題として，自分で納得できるほどのことを何1つできないで時間が過ぎました．

これほど一所懸命探したけれども，どうしても見つからなかったということは，やどかりの里に登録してお世話になれば，今までと同じようにお世話になることばかりが増えてしまう．何1つ周りの人たちにお返しできなくて，またお世話になることが増える．だから，そういうことはしなくてもよいという目に見えないものの意思なのではないか，というふうに，私は自分自身で納得しました．

私は1937（昭和12）年生まれですが，その時は40代の半

ばで，それから2，3年後には50歳に近づくことになります．
　私が生まれた時代は人生50年と言って，50歳まで生きれば，まあ，真っ当な人生だったと見られていました．
　ところが，いつでも床にあって，生きることより死ぬことを考えることのほうが多かった私が，よく50歳に手が届くまで生きたという，何ともうまく言えない深い感慨に浸ることが，当時は多かったと思います．
　私は今述べたように，寝床にずっと入っていることが多かったのですが，そして，病気によるいろいろな症状にも悩まされましたが，それでも何かしら社会的活躍をしなければいけないというような，内部から湧いてくる気持ちがあって，郵便物を通して世の中と少しだけつながっておりました．しかし，現実的な行動は何もしませんでした．
　そこで，ここで人生がどうしても終わりになるのであれば，自分が信じていたもののうち1つだけ実践をして，終わりになろうというような気持ちになりました．
　私は子どもの時には経済的に恵まれていて，例えば，医者などにあまり遠慮しないでかかることができたのです．戦後の混乱期にはもうほとんどの国民と同じような暮らしぶりをしていましたが，そういう恵まれた家庭に育ったために，周りの人たちがお金がないことによる不幸になっていたり，ものの考え方にも社会的な制約があって，いろいろ翻弄されて，表面に流されるようなことになりがちなことに，少しだけ違う姿を見るようなところが，自分の中に残っていたのです．

靖国神社祭祀反対闘争に加わる

　そこで，次のエピソードを紹介したいと思います．

ここにご存じの方がおられるかもしれませんが，自衛官の夫が勤務中に交通事故で亡くなった中谷靖子さん（山口県）という方がおられます．夫が自衛隊に所属していたために，妻の意向を無視して，自衛隊が夫を靖国神社に奉ったという事件がありました．
　中谷靖子さんはクリスチャンであったために，自分の信じている弔い方をするので，夫を靖国神社には奉られたくない，取り下げてほしいという裁判闘争を起こしたのです．
　たまたま新聞記事でそのことを知って，私もその裁判闘争に参加することになりました．
　どうしてそういうことになったかと言いますと，私の祖父が1945（昭和20）年，敗戦の玉音放送が始まる前に，どうしてわかったのか，今ではもう祖父がおりませんから確かめようがないのですが，「戦争が終わる」あるいは「負ける」ということの放送だ，というようなことを家の者に向かって言いました．
　そして，放送が終わってからも，庭に集まっている人たちにもそういう話をしたわけです．そのように，当時としては社会的に圧倒的な少数であっても，そういう筋を通した祖父の姿は，私の中にずっと残っています．
　当時，私の家には防空壕がありませんでした．強制的に各家で防空壕を掘らされた時代にです．ここに飛行機が来る前に戦争が終わるから防空壕を掘る必要がない，という祖父の考えによって防空壕がありませんでした．育つ過程でそういうことがあったことが頭に残っていたものですから，自分でも，少数であっても，精神病という少数ということもあったと思いますが，世の中で小さなことであっても意義はあるか

もしれない，と，自分で感じたことにこだわる心がずっと残っていました．

そこで，いよいよ50歳近くなった時に，それまでずっとカンパをするだけの支援をしていましたが，ここで人生が終わりになるのなら，どうしても一度その会場まで行って，何がしかの自分の意思を示してこよう，という気持ちになり，全国総括会議に出るために，山口県の湯田温泉に行きました．

大阪での半年間続けた宿無し生活

そして，大阪まで帰ってきた時に症状が悪化して，大阪で宿無しになってしまいました．大阪には箕面という，大阪の都心から離れた山の中に寝泊まりして，時々大阪の町の中に行くというふうにして暮らしていました．その間にお金が全部なくなってしまって，どうすることもできなくなりました．

当時，10円だけあれば市外電話をかけられる106番という電話があることを，私は貧乏だったためにそういうことを

知っていたので，大阪から10円で友達の野村（仮名）氏に電話をかけて，こういうわけだから助けてくれないかと言いました．その場合，電話料金はいっさい野村氏の負担になります．その時私は野村氏に1つだけ嘘を言っています．宿無しだということは言えませんでした．ただ，困ったのでお金を送ってもらいたい，助けてほしいということを野村氏に頼みました．

彼は，よくこんなにたくさん送ってくれたと思うんですが，2回にわたって何10万というお金を送ってくれました．それで，半年近くを大阪で宿無しで過ごしました．

宿無しだった最中に，私は写真に撮られてビルの壁に貼られるということがありました．私個人はまったく知りませんでしたが，撮った写真家の人に呼ばれて「いいもの見せるから来い」と言われて行ったことがありました．また，その人によって自転車を与えられたりというような，半年近くの年月の間にはそういったこともあったわけです．

私は宿無しだったけれども，ずっと着物を着ていました．その着物姿で，道端に座ってお茶を飲んでいると，その前にお金を置いていってくれるような人がいました．最初はそういう意識はなかったのに，そのことに応えようとする自分が出てきて，それから後は自分にずいぶんにごりがあるんです．やっぱり，そういう自分の姿に悩むというか，罪悪感のようなものを感じるようになって，結局，浦和に帰ることになりました．

そうこうしているうちに，やはり調子が悪くなり，どうしても病院へかかろうと思って行きました．

その時に受付で，問答の末に，宿無しだということをきち

んと言わなければ,診察を受けられないということになって,すったもんだやったあげく,そのことを正直に言いました.それで精神科の診察を受けようとしたんですが,1回で診察を断られました.その時はもうほとんどお金が無くなった土壇場の時だったのです.でも,断られたことによって我に返ったというようなところがありました.

なかなか精神障害者であることを公開できなかった

それで浦和に帰って来て,入院ということになりました.入院した時は51歳の時です.

越谷にある100％の完全開放の南埼玉病院に入院しました.そして,62歳までの10年間に8回入退院をくり返します.

ちょうど還暦を迎える時はまだ病院にいました.そして,50歳を迎えた時にもそうだったように,自分の病気のことを全部話す,衣をかぶっていることやめて,ありのままで生きようというふうにどれほど努力したかわかりません.それまでの人生の中で,山で言えば,何回も尾根までは登りつめました.

それから,周りには配偶者の心配をしてくれるような人たちも何人もおりましたので,どうやって断ろうか,逃げ回ろうかと,長い間悩まなければいけないほど,お膳立てをしてくれた人たちもおりました.

けれども,どうしても精神病者だということを正直に言うことができなくて,逃げ回っていたというのが正直なところです.

尾根までは何回も登ったのですが,自分をさらけ出して生きるためには向こう側へ下りなければいけないんですが,そ

れがどうしてもできませんでした．

　さて，還暦を病院で迎えた時に，はっきり意識はできませんでしたが，これは自分で自分にやっぱり偏見とかコンプレックスを持っていて，そのことを正直に言えなかった自分がやっぱりあったんです．50歳を前にした時もそうだったのですが，あんなに弱かった人間がさらにもう10年間生き延びて60歳になったわけです．ここで，もう終わりだから，そのことを正直に公開して生きようという気持ちにほぼなりました．そして，南埼玉病院だけで13年間で8回ですが，通算で10回目の入退院をしてきたのです．

やどかりの里の玄関で志村のおばさんに出会う

　病院で入退院をくり返している間，「やどかりの里」ということが私の意識に上ってくることはなかったのですが，忘れていた「やどかりの里」という所が夢に始終出てくるようになりました．最初は，なぜそうなのかということが，自分でいくら問いつめてもよくわかりませんでした．今では，どう言ったらいいかわかりませんが，そのことを，長い時間かけて自分の衣をはぎ取って，精神病者だということを言って生きなさい，というシグナルだというふうに受け止めたわけです．

　当時，私はイサオクリニックのデイケアに通っていました．今でもそうですが，デイケアの責任者の大木（仮名）氏に，やどかりの里が夢に始終出てくることと，それをありのまま，衣を着なくてもいいというふうに受け取ることができるんですが……とそういう相談をいたしました．そうしたら，大木氏は，自分で「やどかりの里」に登録しようという気持ちが

あるんでしたら，それはそれでよいでしょうと言われ,「やどかりの里」の浦和生活支援センターの白石さんに紹介をしてくれました．それで面接をすることになりました．

面接の時に話したことは2つです．1つは，もう衣を着ることに疲れてしまったので，ありのままの自分になりたいんだということ，もう1つは，今までこれっていうことを，社会的に何1つ，自分で納得できるほどの実践をしておりませんから，そういう社会的な活動につながることをほんの少しでもして，自分を納得させたい，ということを白石さんに話しました．

白石さんがどういうふうに考えたかわかりませんが,「やどかりの里」の法人本部へ行ってもう一度面接しましょうということで，本部を紹介されました．その時，私はまだ本部の場所がわからなかったのですが，自転車で探して，やっと本部の玄関に着きました．

その時，知っている方もいらっしゃるかもしれませんが，茶の間のおばさんと言われている志村澄子さんに玄関でばったり会うんです．初めてなのに，どうしておばさんだということがわかったかと言いますと，法人本部からちょっと離れた所に埼玉県障害者交流センターがあって，私は精神障害者の手帳を持っているものですから，そこに登録して，よく泳ぎに行ったり，図書室に行って本を借りたり，和室に寝っ転がってたりしていました．

その障害者交流センターの図書室にやどかり出版の本が何冊もあるんです．それで，私は，活字を読むことに，ご飯を食べることだとか空気を吸うことのように，小さい時から親しんできましたので，片っ端から読んだのです．本を読むの

は，意味をわかろうとかいうのではなく，活字を読んでいないと自分が安定しないようなところがあると，自分では思っています．それでおばさんの姿も知っていたわけで，たまたま玄関に着いた時に，そこにおばさんがちょうど奥のほうから来て，玄関でくるっと向きを変えてまた奥のほうに入って行かれたんですが，顔を合わせた時に，私は一礼しているのです．その時に，うまく言えないんですが，何かおばさんから全身で魂に何かを感じたようなものがあるんです．何て言っていいかどうしても言葉をうまく伝えられません．

茶の間の空間で癒された

　その感じにひかれて，登録してからおばさんの所に通うことになります．おばさんは，私にとっては，ただ座って，お茶を飲んで，時々お茶菓子をつまんで，こちらが何か言い出さなかったら，おばさんのほうからは何も問われることはないんです．

　「名前なんていうの」とか，「どこから来たんですか」だとかは何にも問われないんですが，何となく座っていて違和感がないんです，まったく違和感がない．ちょっと不思議な空間なんです．しかし，そこに座っている時に，自分が受け入れられているという安堵感が湧いてくるんです．実際に体験してない人に伝えるのはひじょうに難しいのですが，言葉にするとそういうふうにしか言えない．時々こちらが何か言葉をかけると，何か相槌を時々打ってくれて，後は沈黙してるだけですから，1日中座っていてもまったく疲れない……そういう所なんです，茶の間という所は．

　そして，こちらが言葉を発したい時，湧き上がってくるこ

とを，ぽつんと言葉にすることを黙って聞いてくださって，「なるほど」というふうに頷いてくれるんです，共感を持って．それにほんとうに私は救われたのです．だから，そこに半年ぐらい通っています．

負の人生に少しだけ肯定感が持てた

　茶の間に半年ほど通った時に，ふっと自分の気持ちが変化してることに突然気がつきました．それまでは「やどかりの里」に登録したのですが，茶の間以外に関心がまったく広がらなかった．ただおばさんに聞いてもらっていただけだったんです．

　それまでは，いつでも自分の人生を否定的に捉えて，人の世話になりっぱなしで，何1つその人たちにお返ししたことがないわけです．私が1日2時間ぐらい，やっと起きているというような時に，もうご夫妻とも亡くなられましたが，漫画家の和田義三先生ご夫妻のアパートに居たのですが，だいたい10時過ぎぐらいに郵便物が残っていると，毎日のように私の所に食べ物を持ってきてくれる．お寿司だとか，お粥だとかを枕元まで持ってきてくれるのです．私は，今は鍵をかけていますが，当時は外出するにも，どこへ行くんでも部屋に鍵をかけるということはなかったんです．

　そういうふうにしてお世話になった人たち，和田先生ご夫妻もそうですが，先ほど言ったように，私が結婚相手を断ることができないほどお膳立てしてくださった人たちも何人もいるんですが，何1つお返ししないで，全部もう皆さん，あの世に去っていかれました．

　そういうふうに，いつでも自分の人生を負に感じてばかり

いたのですが，ただ茶の間に座っていただけなのですが，全面的に否定しなくてもよい，このままでもそれなりに努力したのだから止むを得なかったのではないかという肯定感のような，小さな否定……努力したんだけれども止むを得なかったという理由で，仕方がないというふうな意味で，消極的に肯定できるような気持ちに少しだけなったんです．そうなってから，初めて，やどかりの里がどういう所かということを調べてみようという気持ちになりました．

「まごころ」の弁当で知る優しさ

　私は時々自転車で，昼間風呂に行きます．ノンストップではなく，1回では1時間も走れませんから，2回ぐらい休んで，昼間，指扇という所まで，お風呂に入りに行っていましたが，その途中に「まごころ」があることに気づきました．よく見たら，やどかりの里生活支援センターまごころとなっているんです．それで，「まごころ」のお弁当を，お風呂に着いてから食べるのですが，ひじょうにおいしいことと，お弁当を注文して待っている間というのが，私にとってひじょうに心地よいのです．お店の感じが温かいのです．精神的に刺が1つもない．それから，優しさを感じるのです．他でお弁当を買ったりする時に，そういうことを感じたことはありません．

　それで，半年ほど過ぎてから，多少働こうという気持ちになるわけです．そして実際上，「まごころ」に通うようになるまでには，それから40日ぐらいしか経っていないのです．同じ働くんだったらあそこに行こう，そういうふうになったのです．

「まごころ」に行った理由はもう1つあります．歳を取ってきて何ができないかというと，独り者にとって部屋を片づけることと，食事なんですね．買い食いでは味気ないので，少しぐらいは自分で何かしようという気になって，「まごころ」に行くことになります．

初めて味わう「今日は生きたなあ」という感じ

さて，働き始めたのですが，最初のうちは玉葱の皮をむくのにも，仕事の流れがわからないものですから，与えられた玉葱の皮をむいてしまうと，その次に何をやるのかというふうに気持ちが動かなくて，ぽかーんとしていて，すぐ注意されてしまって，次はこうするんだという指示があるわけです．

4か月ぐらい過ぎて，手順が少しわかるようになり，ほんのまね事ぐらいの調理補助ができるようになってきました．自分でも後片づけがすごく苦手だったのが，間髪を入れずに注意されるので，今では何とか部屋の整理ができるようになってきました．「まごころ」で後片づけだとか，洗いとかをやることで，自分の部屋で活かせるようになってきたのです．

そういう状態が2～3か月強続いて，3か月ぐらい経った時に，あ，これ終わったら次はこうかなということがちょっとだけ頭に湧いてくるようになってから，まごころから帰ってくると，今までと，1日外に出て行って帰って来た時の自分の感情が変わっていることに気がつきました．注意されても，帰って来ると心地よいのです．何ていうか，ああ，今日は生きたなあ，というような……布団を敷いてごろっと横になるとそういう感情が湧いてくる．これは，やっぱり頭でだ

け自分の人生を考えて，自己肯定できるというのは，基本的には天分に恵まれた，そういう人間にしかできないのではないかと今では思います．

　私は小さい時から布団に寝ていることが圧倒的に多かったのですが，そのことも関係はあると思いますけれども，やっぱり私たちは動物ですから，動く物と書きますから，働かないかぎり，可能なかぎり，そういう生活が日常の中になかったら，自己肯定の気持ちは湧いてこないのではないかと今は思っています．

まごころに行くようになってコンディション良好

　まごころで働き始めてから，やどかりの里の法人本部の建物にあるおばさんの所にも，「まごころ」以外の日に通うことになりました．その時に，講師登録者学習会というのがあるのですが，私は活字を読むことに何の抵抗もない．わかる，わからないは別として，ただなじんでいるだけなんですが，そういうことだったので「出てみませんか」と言われて，「いいんですか」と聞いたら，「だれでもいいんです」ということなんで，最初のうちは偶然に講師登録者学習会のある日に出ていたんです．最初のうちは次回いつだということを聞いていたとは思うんですがぜんぜん頭になかった．でも，そのうちに，だんだん，次の時は出てみようなどというふうになって，「まごころ」に行く以外にもう少し自分の気持ちが前向きになっていきました．

　「まごころ」に行くためには，その日のために，1週間の中で，私は1日だけなんですが，5時間半作業時間があって，立ちっぱなしですから，午前，昼休み，午後というふうに分

かれますが，どうしても行く以上その中途で横になりたくなるという気持ちになりますから，その日が1週間のコンディションの頂点にくるように，いつの間にか整えるようになってきました．それまでは，例えば，昨日，夜10時ごろ仮に眠ったとすると，次の日は朝4時ごろまで起きているというのが，自分にとっては日常だったのです．

　理由は簡単で，本がおもしろければ，ばたん，ぐーになるまで，どこまででも読んでしまうからなのですが，「まごころ」に行くようになってから，自己規制ができるようになりました．「まごころ」は私にとって大切な所，おもしろい所，楽しい所なのですから．そうなってから，確かにコンディションはよくなりました．

　だから，私にとって，実は今が人生でいちばん健康なのです．こういう時期は私の人生で今まで一度もなかったのです．

「やどかりの里」という所

　「やどかりの里」は埼玉県さいたま市（旧大宮市）にある精神障害者の社会復帰施設です．

　まず，精神障害を患った人たちに住む場を保障しています．グループホームといいますが，それが10か所以上あって，何十人という人たちがグループホームで過ごしています．もっとも，悪名高い「障害者自立支援法」のせいでその運営に暗い影が落ちてきています．今後どのようになっていくか，気になるところです．私は幸いグループホームには入っていません．古い家ですが一軒家に1人で住んでいます．

　次に，「生活支援センター」があります．気持ちを落ち着かせ，ほっと一息つけるところです．昼間生活支援センター

に行って自分をほっとさせる．そして，困りごとを相談したり，仲間と話して未来のことを語り合ったりして過ごす所です．

　他に作業所がありますが，ここは働く所です．作業所は賃金がひじょうに安く，いちばん安い人は1時間180円だと聞いています．私は作業所（現在は小規模通所授産施設）に行っていますが，1時間400円もらっています．「やどかりの里」の作業所の賃金の上限は1時間500円ですが，私の通っている作業所の上限は1時間400円です．

　福祉工場では最低賃金が適用されて，埼玉では1時間687円が支給されます．他に働く場として授産施設もあります．

　以上，説明してきたように，「やどかりの里」ではまず住む所と働く場が保障されており，それに憩いの場が用意されています．利用者はどこかの生活支援センターに所属して，後は自由にいろいろな所を利用することができます．

　「やどかりの里」に登録している人は約200人で，その98％ぐらいの人が統合失調症の人です．

75歳まで社会的活動に参加する

　さて，講師学習会に出て，何か発言したかどうか私は覚えていないのですが，そのうちに人づくりセミナーというものに出ることになりました．

　やどかり情報館（精神障害者福祉工場）には，やどかり研究所があるのですが，そこに名前を連ねたり，昨年（2002年）の12月1日，2日に第5回日本健康福祉政策学会が開かれたのですが，館長の増田さんに誘われて，私は逃げ腰で，実際上は何も仕事はしなかったのですが，名前だけは連ねまし

た．

　政策学会の後に，やはり，逃げてばかりいないで，コンディションの許すかぎり出ていればよかったという気持ちが湧いてきました．それは，日本健康福祉政策学会は私にとってひじょうに積極的な意味があるものだったからです．あんなにいい意味が私に返ってくるのだったら，逃げ回っていなければよかった……．

　講師登録者学習会に名前を連ねたことで，去年，ほんの数回ですが人の前で自分の病気の経験を話す機会が与えられました．

　そういうことを経験しているうちに，ほんの数年前までは，あれほど自分を否定的に受け止めていた私，他人から援助を受けるばっかりだった私が，人生70歳間近ですから，今与えられた場で努力しなかったら，もう残された時間がないわけです．私は長い間床にばっかり就いていましたから，今年，社会的には69歳になりましたので老人年齢なんですが，自分としてはまだ老人にはなりたくない．社会的な実践を何もやっておりませんから，可能だったら，何とかして75歳まではがんばりたいと思うのです．75歳になったら，老人ということを自分に受け入れてもいいだろう，そういう気持ちでいます．

　そこまでの数年間，ほんの少しでも何かを実践すれば，流れ去った過去の人生に，ほんの少しは自己肯定的な念または気持ちが生まれるのではないかと思っているところです．

川の流れに沿うように生きていく

　私は新幹線も飛行機もすごく嫌です．理由は簡単で，速過

ぎて人間の五感に合わないのです．でも，香野さん（やどかりブックレット・4「マイ　ベスト　フレンド」の著者）が，仕事として行くのだから，飛行機に乗ることを了解してくれと言うのです．もう切符も買ってしまったということで……飛行機の切符には名前が入っているのですね……それで，もう取り替えしがつかないので，妥協して飛行機で北海道に行ってきました．

　飛行機の上から，かつて単独行した旭連峰がひじょうによく見えました．

　苦労して登ったあの山を，遙かに高い所から眺めおろした時の感慨……山河襟帯という言葉がありますが，これは，どんなに山奥に入っても川が流れていて，その川に従って下って行けば必ず海に出る，病に苦しんでた場合でも，川の流れに沿うように療養していけば，いつかは広い海に出て行かれるようなことがあるのではないか，そういうようなことが自然と頭に湧いてきました．行く間中，ずっと香野さんが，私をわざわざ窓際の席にしてくれましたので，そういったことを思いながらずっと外を眺めていました．

　私自身は精神病というハンディを背負っても，可能な限り……社会にとって多数ではなくても，電子顕微鏡で3回も4回も拡大しなかったら，日本の世の中に存在していないような小さな部分かもしれないけれど，それでも，存在してもいい，存在することに何がしかの意味があるかもしれない，と思うようになってきたのです．何の言葉も吐かないで自分を受け入れてくれたということが，立ち止まり，また，多少歩きながら考える，考えながら歩くというスタイルに，私をやっと社会人になるための入り口の所に連れてきてくれてい

る……そういう意味でもほんとうに私はやどかりの里に感謝しています.

堀澄清、今青春まっさかり

心を癒してくれる音楽

　私は音楽を聞くことが大好きで，若い時はタンゴがたいへん好きでした．日本の歌謡曲はあまり聞かないんですが，音楽は自分の気持ちを癒すのにひじょうに必要なもので，私はご飯のようなものだと感じています．私は歌うことがへたなので，もっぱら聞くいっぽうなのですが……この病気になった人で音楽の嫌いな人はいないのではないかと思っています．

　私はバロックが好きで，毎日聞いています．近ごろ癒しの音楽というのがありますが，あれに近い音楽だと何となくいいですね．

自殺決行は10回以上

　自殺企図は数え切れないほどあります．実行したことも何回もありますが，そのつど助かっています．海にも飛び込んでいますし，鉄橋の上から飛び降りたこともあります．私が自殺を決行した最後は51歳の時です．また，小さい時には，私の周りの親や，親以外に身の回りを見てくれる人が私にはいたのですが，そういう人たちがあまりにも心配してくれるために，かえって自分から死んでしまいたいという気持ちになって，実行したこともあります．だけど，その時はやり方が幼稚だったために，実際上は死ねませんでした．だから，自殺を決行したことは10回以上はあります．

自分を包む衣が必要なくなって話せるように

　自分の人生体験を発表するということは，自分の頭で考え

たことを発表するのではなく，自分の姿を話すわけですから，自分に衣が必要ないというところまで心が決まらないと，なかなか自分のことを正直に話すのは難しいのではないかと私は思います．顔が出ても，年齢が出ても，名前が出ても，いろいろなことが公開されてもかまわない，ありのままで生きているわけですから……1つだけ言えることは，私の場合，犯罪を犯していませんので，犯罪を犯さずに生きようとして，とまどってうまく生きられなかったのですから，そのことにそんなに引け目を感じなくてもいいのではないかと，やっとそういう気持ちになってきたのです．

生活保護は自分なりのスタイルで返す

　私の場合，現在生活保護で暮らしていますが，生活保護というのは国民の税金で成り立っているわけです．そうすると，自分が暮らしていること自体，社会の外側にいるわけにはいられないわけです．人々の汗水たらした税金によって，私の日常が成り立っているわけですから，全面的に生活保護を返上できないとしたら，残された手段として，どういう姿で社会に返すかということを，いつでも考えざるを得ないわけですね．

　私にとっていちばん身近な問題はそこなのです．私の場合は，幸か不幸か，主治医から，生活保護の金額を減らすことだけに専念しなくてもいい，その代わりに，もっと違ったスタイルで社会にお返しするほうが私には合っている，ということを，直接，面と向かって言われておりますので，自分でもある程度納得して，その姿勢でやっております．

部屋の中で世の中のおかしさを感じる

　当時，私は２時間ぐらいしか起きていられなかったんだけれども，子どもと接していて，学校から，教師から弾かれて，行き場のない子どもとは何人も接してきました．親と二人三脚を組んで，学校と全面対決のようになってしまわざるを得ない，そういうことを通して，今の教育というか，子どもの置かれているその矛盾，社会意識，そういうものを自分から離れて世の中を見るのではなく，自分の部屋の中で世の中のおかしさをしきりに感じるという経験をしてきました．

人間を感じさせない人は嫌だ

　いろいろな人から結婚話が持ち込まれた時の私が出した条件は，いつも決まっていて，１人でいて退屈しない人なのです．学歴とか，金のあるなしはいっさい関係がないわけです．自分の世界を楽しむことのできない人は嫌でございます，というのが私だったわけです．

　物事はたくさん知っているけれども，話し手にその人を感じさせない人がいるけれども，知識の量では圧倒されても，人間を感じさせない人がいるでしょう．そういうことに無自覚的に嫌だなあというようなものが，今でも自分の中にあって，それを変えようとしても変えられなかったのが自分だから，よく，小さい時から，周りの人から変人・奇人と面と向かってよく言われてきたけれども，そのこと自体を変えようとしてもどうすることもできないから，言われても腹も立たないし，むしろ，自分のほうが絶対正しくて，私が変人・奇人だと言っているけれども，その人に0.01％ぐらい奇人的な

ところがあったら，私も楽なんだけどなあと思いながら，相手の顔を眺めていたりする……そういう私でした．

今はありのままになって，女性に対して，もっと自分を表現をする準備をしてもいいんだなあという気持ちは，自然に出てきました．今までは，私はあまりそういうことに鈍感というか，眼中になかった……そういうことが少し出てきたような気が何となくします．

社会の矛盾は社会的な解決を

高校の時に，1級下の小林（仮名）さんという女生徒とひじょうに仲がよかったのです．結局，お父さんがいなかったということもあって，どうしても上の学校に行くことができなくて，母親を養わなければいけないという条件を背負っていました．私は参議院の速記者養成所のことなども調べてあげたけれども，結局，住む所の確保ができなかった．あれほど優秀だったのに，結局その能力を花開かせることができない境遇に生きざるを得なかった．そういうことを通して，社会の矛盾をものすごく感じました．

もっと小さい時は，お金のために医療を受けられないという矛盾を，自分と隣の人間に感じましたけれども，そういう感情的な同情ではなくて，社会的な矛盾のために，自分の天分を生かされない人の悲劇は，やはり，社会的に救わなければいけない，ということで，私を左派的な人間にしました．

私，今，恋しています

今，私は恋をしています．青春真っ盛りなのです．
事の始まりはイサオクリニックのデイケアにあります．

今から11年前の10月，ひじょうに自分の印象に残った人がいました．で，最初の数年間ほどはそれほどでもなかったんですが，人間というのはおかしなもので，会わない気持ちが苦痛になってきたのです．そこで気がついたのは，恋する気持ちは若い時と何も変わらないのですね．そこで，デイケアの責任者に，彼女はいったい何をしに来ているのかと聞いたら，最初は，はっきりとは教えてくれなかったのです．それで，彼女に会いたい一心で，デイケアにせっせと通うようになりました．

　それで，半年から9か月ぐらい経ってなんだと思うのですが，ようやく2人きりで会えるようになって，お互いの家を訪問するようになりました．そうなると，また，もっと親しくなって，始終電話するようになりました．1晩に1時間半から2時間話して，お互いに病人ですから，病気のことは一言でみんなわかってしまうのです．くだくだと説明する必要がないわけです．後はごく普通の世間話をしたり，いろいろなことを話し合うわけです．

　そうこうしているうちに，どういう風の吹き回しか，自分の気持ちがはっきりわかるようになって，ほんの数年前のことなんですが，旧浦和市の保養施設が福島県にあって，そこにいっしょに行かないかと私が提案したら，彼女がちゃんと受けてくれて，2人で行きました．

　それで，2人仲良くなって，そこから帰ってきた後に，私のアパートが建替えになって，引っ越さなくてはならなくなりました．それで，まず，埼玉大学の正門近くに引っ越しました．私が引っ越して4か月ぐらい経った時に，彼女が借りていた家も建て替えで，引っ越さなくてはならなくなった時

に，偶然にも私の越した家の隣の家が空いたわけです．そういうことで，つまり，お互いの家を行ったり来たりして，お互いの日々の病気の状態はどうかと見定めながら2人で相手の調子を聞き，お互いに相手の生活にじゃまにならないよう，また，気持ちが疲れないよう気づかいながら生活しています．人間とは不思議なもので，自分で経験してみないとわからなかったことですけれども，いっしょに生活してみると，皆さんもそうなのかもしれないですけれども，心の安定が病気の再発を抑えているのではないかと思います．暮らしが基本的に楽しいですからね．私たちは多くの人と同じように，生きがいがあって，楽しくて，お互いに労り合っているという条件が満たされる時に，病気持ちであっても，歳取ってよぼよぼになってしまわない限りは，何とかやっていけるもんだ，お互いに病気をまったく隠さなくてもいいということは，ひじょうに過ごしやすい要因だと思います．

　お互い病人同士なので，約束していることが1つだけあります．私たちの場合は「状態の悪いほうが主人公」という約束をしています．だから，私のほうが状態が悪い時は，彼女が看病してくれる．彼女の状態がすぐれない時は，彼女が主人公になって，私が面倒を見る．それが大枠ではうまくいっているんです．10年間もいっしょにやっているわけではないので，まだ，飽きがこないということもあるでしょう．

　これからいろいろな困難に遭遇しても，状態の悪いほうが主人公だということになれば，生きる力がついてくると思います．そういうことを基本的にやっていけば，かなりの嵐があっても乗り越えていけるのではないかと思います．

やっと自分の人生の主人公になれた

　「前科もの」という言葉があります．
　私は精神病になって，やどかりの里に登録して，病気であることを完全にオープンにして生きられるようになるまでは,「前科もの」という烙印を押されたような感覚で生きていました．ですから，社会のすべてから隠れて生きていたのです．自分の病気を人に公表しないし，精神病ですかと言われても，お茶を濁して，はっきりとした返事をしないできました．今はオープンにして，平然と生きられるようになったのですが，それは「ハンディキャップを持っていても人間として平等なのですよ」ということをみんなが認め合っている所に登録して，日常的に受け入れられるようになってから，初めてオープンにすることができるようになったのです．それまでは自分で自分を苦しめている状態で，ほんとうに逃げ回っておりました．
　若い時から染色家として名をなして，染物のデザインを考えることにひじょうに優秀な人がいて,その人の知り合いが，仲を取り持ってあげるから見合いをしなさいと言ってくれたのです．断わっていたのですけれども，日にちもはっきり設定されてしまったので，会ったことがあるのです．私のほうは精神病を背負っていますから，結婚する気はないし，結婚できるとも思っていなかったのですが，お見合いした相手の人は私が気に入って，結婚したいという．何回も，仲に入ってくれた人の所に相手のお母さんとかがお見えになって，お願いしますと言われるわけです．私としては逃れる術がないわけです．ただ，言葉を濁して，言葉を濁して，言葉を濁し

て，ぐるぐる，ぐるぐる逃げ回ったあげく，やっと諦めてもらったという経験があるのです．それぐらい精神病を発病したということは，自分に対する価値判断を低め，自分を惨めにしました．

だから，そういうことではなくて，私をまっとうに扱ってもらえる社会に，この日本を創り変えていきたい……そういうふうに思っているわけです．

人間，変われば変わるもの

入院していたころの自分と現在の自分とでいちばん変わったなと思える点は，今のようにきちんと言葉を話せるようになったことが，ひじょうに違います．45歳までは何か言おうとするとまず考えてしまうわけです．こう言ったら，このことが不足だし，こういうふうな言い方をするとあのことが不足だし，というように一言話すのでもひじょうに考えてしまうのですが，そのことが相手にはそういうふうには映らないんだけれども，自分では一所懸命問答しているわけです．その一言か二言で自分の思っていることを全部表現できるような言葉を探すという自己問答をひじょうにしていました．

今だと，しゃべりながら足りない部分は次にどんどん話していって，最終的に言いたいことが言えればいいというふうに変わりましたので，かなり普通に話せるようになりました．そこが症状以外ではいちばん変わったところです．

例えば，小さい時がそうだったのですが，周りの大人から，「いくつ」とか聞かれたりすると，何でこんなわかりきったことを聞くんだろう，この人はこの間も同じことを聞いたのに，また同じことを答えていいのかな，それとも違うことを

答えようかな，というようなことを考えていると，親が，「早く答えなさい」とか言うわけです．そのようなところが当時の自分にはありました．

看護婦・看護学生に訴える

　症状の悪い時は具体的には追求しないでほしいです．「どうして，今日具合が悪いの」だとか，「元気がないね」だとか，そういうことを言われるのがひじょうに苦しいのです．患者が何か話し出した時，解釈をしないで，看護婦なら看護婦として解釈しないで，聞き手として自分の価値判断を入れないで，言うことをじっと聞いてもらいたいです．そして，最後に，「だからどうしてほしいのですか」と聞いてほしいです．

　だいたいこうなのではないかということがわかりますよ．だから，「こうなの」というふうに念を押すというか，そういうふうにしてもらいたいです．だから，可能な限り自分の知識で相手を解釈してほしくありません．たくさん勉強して知識はたくさん持っていてほしいのですが，その知識で患者を見てほしくないのです．

　知識をたくさん入れると頭に中身がつまってしまいます．中に隙間がないと知識がうまく動かなくなってしまいます．だから太鼓のように隙間を大きくしておいて，可能な限り患者の言った言葉が入ってくるような心空間を大きくしておいてもらいたいと思うのです．それが患者の言うことをよく聞ける看護職の秘訣だと私は思います．

　私が接していた看護婦で加藤（仮名）さんというひじょうに優れた看護婦がいましたが，この人はそういうタイプの人でした．

知識をひけらかすということをしないで，相手の言うことをよく聞いて，その言われた言葉で，相手の今の心の状態を組み立てるというか，「ああ，今こういう状態なんだな」と考えて行動してくれるタイプの人でした．
　私が接した時はまだ30代の後半ぐらいの人でしたが，患者にとってはひじょうに評判のいい人でした．
　だから，「しなやか」とか「やわらかい」と言いますが，「やわらかい」ということと「しなやか」というのとではちょっと違うと思うのです．「やわらかい」というと，くずれてしまうような，煮物などにたとえると，じゃが芋なんかくずれてしまいますが，「しなやか」という人たちはそういう感じではないでしょう．相手の言ったことに，空気のように沿ってくれる，風のようになってくれる，そういうタイプをしなやかと言うとしたら，「やわらかい」だけではだめで，「しなやか」になってほしいと思います．
　「どうしたの」とか「今日具合が悪いの」だとか，「顔色が冴えないね」だとかということは言ってほしくありません．それは見ただけでわかることです．だから，そのことは心の中に留めておいて，それを患者にぶつけないでほしいのです．そういう時には何となく表情を見て，「あんまり眠れなかったようだね」とかというふうな言葉に置き換えてほしいです．「だから，あんまり朝ごはんも食べる気がしなかったんでしょう」とかという応対をしてほしいのです．だいたいが，看護婦は10時過ぎまで朝のミーティングをやっていて，10時15分くらいから病室に回ってくることが多いです．その時には患者は顔も洗って食事も終わっています．だから，見た瞬間の直感みたいなことを大切にしてもらいたいと思うのです．

そういう意味では感覚を研いでおいてほしいと思います．知識がたくさんあっても，そういう感覚が鈍感な人がいますが，知識があって，感覚が研ぎ澄まされていて，しなやかであるという，ひじょうに難しい注文ではありますが，そういうようなタイプの人たちを精神科の患者は望んでいると思います．

　症状が悪い時ほど，あたり前のようなことにも抵抗を感じるものです．症状が回復してくればくるほど，多少きつい言葉でも受け止められるようになります．だから，悪い時ほど静かにそっと接してほしいと思うのです．

　たまに，朝握手してくれる看護婦がいました．何となく来て，言葉をかける前に手が出てきて，何となく握手する……そういう看護婦を私は今まで1人だけ経験していますが，ちょっと手を触れるだけで何となく気が休まることがあります．

安心感を与える接し方をしてほしい

　私は18歳で発病して19歳の時に病院に入るために親元に帰りました．そして，入院するまでのほんの短い間のことなんですが，幻聴がひじょうに強くなった時，親父が僕を抱えてくれたんです．その時親父は一言もものを言いませんでしたが，私には「大丈夫だ，お父さんが守ってあげる」というメッセージが伝わってきて幻聴が弱くなったという経験があるんです．

　どうして幻聴ということがわかったかというと，幻聴の強い時には緊張して身体がこわばっているんだと思うんです．だから親は子どもに安心感を与えるように接してもらいた

い．

　心配するんではなくて，安心感を本人が持てるような接し方をしてほしいんです．そうすると，幻聴が消えることはなくても，私みたいに弱まるということが現実にはある．それから，本人には幻聴と闘わないでほしいと思います．闘うと必ず幻聴がもっと強くなりますから．

マイナスの体験からも得るものはある

　「あの人は感度がいいな」という言葉を使うことはありませんか．自分の気持ちを即汲んでくれるような友達がいたら，たいへんいいと思うことでしょう．「共感する心」は自分でも持ちたいし，相手もそうであってほしいと思います．

　私は監獄よりももっとひどい地獄を体験してきましたので，仲間が言葉を吐いた時に，その背後にある思い，道程が，自分の体験に引き寄せて，全部浮かんでくるのです．相手の苦しみに敏感になりました．これが病気をして69歳と9か月，私が生きてきて得たものです．他人の苦しみに対して思いやる心はずっと深くなったと思っています．

　共感する心になるにはいくつかのステップがあると思いますが，まず「しなやかな心」を持ってほしいと思います．その次は「奥行きのある心」，あの人は奥が深い，深みがあるなというように表現しますが，そういう心を持ってほしいです．もう1つ，心の襞(ひだ)を読めるようになってほしいと思います．私が平松精神病院の体験したことで得たものは，退院した時には気がつきませんでしたが，何十年も経った今気がついたことは，自分が過酷な体験をしたために，他人への思いやりが深くなったということです．そのことを体験してい

る当時はこんなことに何の意味があるのだ，まったく意味がないと思ったものですが，長年生きてくれば，何の意味もないと思っていたこと，マイナス以外の何の意味もないと思っていたことからも得ることがあるものです．挫折したことによって自分の人間の心の幅が深まったり，広まったり，あるいは心の奥行きが深くなったりすることは必ずあります．

堀澄清さんの遺した言葉

退院後の親父とお袋

　退院した後は，1年間親元で眠っていました．親のところにいた時は，自殺への念っていうのは湧いてきませんでしたね．これは親父もお袋も，僕が1日中眠っていても，起きろとも言わないし，食事が用意できているとも言わない．ただ風呂に入れ，風呂が沸いているっていうことだけは言われました．今と違って風呂は沸かすものでしたから，冷めちゃうわけです．風呂だけは呼ばれましたけど，食事なんかは，僕が行くまでなんにも呼びもしない．そういう処置をしてくれました．
　その時はわからなかったんですけれど，親父が僕の入院してた日本赤十字病院の精神科に相談に行ってたそうです．これは40代になってからわかることなんですけど，僕に直接圧力っていうか，圧迫感を与えないような接し方をしてもらったっていうことが，家にいる時，自殺衝動が湧いてこなかった1つの大きな理由なんだと思っております．

生きてきた事実を認める

　僕がほんとうの意味で自殺症状から解放されたのは，やどかりの里に登録して，志村のおばさんのいる茶の間に通うようになってからでした．僕を無前提で全面的に受け入れてくれる，そういう人に会ってから，やっと自殺症状が消えていったんです．

茶の間には，おばさんに勧められたわけでもないのに，勝手に食べ物をつまんでいる人がいて，つまむと同時に，寝っ転がって仰向けになって食べている人もいました．そういう雰囲気で，茶の間のおばさんは圧迫感がまったくないんです．これが玄関で会った時に吸い込まれる印象で，それで，おばさんの茶の間に通うことになりました．おばさんは一言も自分のほうから話を引き出そうと思って相手に語りかけることはしないんです．メンバーの人が話したら，それにおばさんが相槌を打ってくれて，納得してくれる，そういう人で，一言も向こうは話をしないんです．それなのに，居心地がひじょうにいいんです．違和感がぜんぜんないんです．それに引き込まれて，おばさんのところに通っていました．
　それで，しばらくしてから，心に湧き上がってくる自分の経てきた道なんかをほんの一言二言ずつ，ぽつりぽつりと話していたんです．そういうことをやって，半年ぐらい経った時だったと思うんですが，家へ帰ってきて布団の上にごろっと寝っ転がった時，突然自分の気持ちがちょっとだけ変化していることに気がついたんです．それはこういうことでした．病院であっても，今まで精一杯生きてきたんだから，そのことを認めなさいということでした．おばさんが言葉にしたわけじゃありませんが，半年ほど茶の間に通って，おばさんの全体から受けた僕の印象は，良いか悪いっていう価値判断を入れないで，そのことを認めなさいというメッセージだったんです．ここが難しいところなんですね．良い悪いを入れないで，とにかく精一杯生きてきた．このことは事実だから認めざるを得ないでしょう．そういうことです．そういうメッセージを受け取ったことは，僕の気持ちが決定的に変化して

いく分岐点になったんです．その時までは，病気に対してはどう思ってたかというと，仕方がない，俺の人生はマイナスだったな，そういうふうな状態でした．

　病人であることは認めましょう．けれども，その日1日1日を精一杯生きてきて今日につながっているんです．そのことをプラス，あるいはマイナスに判断しないで，事実として受け取るんです．そういうことを心が吸い込まれるみたいにおばさんから教えていただきました．いつでも自分がマイナスだ，マイナスだって考えていたのですが，価値判断を入れないで，生きてきた事実をどうしても自分で受け入れざるを得なかったんですね．そういう新しいものの見方を教えられて，茶の間に一所懸命通えるようになったんです．

　生きることに全部受身だったのですが，おばさんと出会って，今言ったように善悪を入れないで，事実そのものをまず認めなさいというメッセージを受けたことは，その後の自分が決定的に変化する出発点になりました．

私の考える精神医学

　「ひょっとしたら治るかもしれない，ひょっとしたら治るかもしれない」という気持ちはかすかにありました．

　今は，多くの精神医学の本に脳の局所部分が幻聴に関係する，妄想はここに関係するということが書いてありますけど，そういう考え方，僕はどうしても受け入れることができないんですね．感情の部分も，心の部分も，魂の部分も全部ひっくるめて脳全体，それから肉体全体，内臓感覚も，皮膚感覚

も全部ひっくるめて関係している総合的なものだと思っていますから，今の精神医学，生物学的精神医学のあるところにだけ原因を求めて，細分化して病気本体を突き止めようという考え方に，基本的には，僕はまったくといっていいぐらい与(くみ)していません．

　精神医学はもっと総合的なもので，すべてに関係しているだろうというふうに思って，人間の本質を追求しようとしている．だから，僕は本であれば基本的に，自然科学も，社会科学も，人文科学も，どういう分野の本でも手当たり次第になんでも読むようにして，自分の療養を組み立てています．だから，部分的にこの知識が役立ったという療養の仕方は，今でも周りに多いし，当事者のご家族でもこういうことが役立ったというと，すぐにそれに飛びつくような人，周りに多いんですけど，そういうふうになればなるほど振り回されて，自分の安定を損なうというふうに僕には映るんです．そういう療養の仕方はひじょうにまずいと思うんです．

　知識はどんなに寄せ集めても不完全なもの，だけど，人間そのものが生きた生命体ですから，なんらかの意味で総合で調和しているから生きているわけです．そういう意味では，知識はどこまで行っても不完全なものだという向き合い方をしないと，振り回される療養から脱却することはできないのではないか．そういう思いを拭い去ることができません．それが，今の僕の到達している病気との向き合い方です．

医療のつき合い方と同病の仲間との出会い

「このお医者さんだったら OK だ」というほんとうに信頼できる人に巡り会ったら，自分で勉強しないで，基本的に医者の助言に従って，日常でちょっとだけお医者さんの意見も加味して取捨選択ができるようにする．そこに精神保健福祉士も臨床心理士の人も加わる．そういう意味では，1人だけでなくて，隣接している関連分野の人によるサポート，最低限でもその3点セットぐらいは揃える．その3点があれば椅子だって三脚だってひっくり返らないように座ることができますから，4点だったらもっと安定しますのでね．

地域に出て，対等の立場になって，病気の仲間とつき合えるようになりました．これはもうお医者さんに会うより圧倒的に僕にとってかけがえのない意味がありましたね．おそらくうつ病の人にとっても，そうじゃないかと思います．うつ病のことははっきりわかりませんが，統合失調症の人間でしたら，同じ病気の仲間に会うっていうことは，どれほど生きる勇気を得るかわかりません．

回復のプロセス

回復と活動が僕の表裏一体になっているわけですね．何も活動しないで，自殺もしないで生きながらえていた時は，自分の人生に意義があるなんてまったく思ったことなかったわ

けです．ところが，ここのいちばん最後のところまで来て，初めて自分が統合失調症という病気であることを受け入れることができたんです．薬は飲んでいても，まだ受身だったわけですけど，食事ごとに必ず飲む．そこまでして，初めて自分をありのままで受け入れて，なおかつ生きる姿が前向きになった．こういうふうなプロセスなんです．

　楽しみの世界と自分の職業の世界は，内的につながる時が来ます．この2つの距離が離れていればいるほど，つながった時，心の安定は良くなりますね．僕の場合は，少なくともそうでした．それで，仕事に一所懸命である以外に，そういう自分を解放できる世界を絶対に持ってほしいと考えています．そうでないと，忙しさにまぎれて肉体的な疲労ではなくて，精神的疲労のために仕事が続けられなくなる可能性があると僕は思っています．ですから，もう1つの世界を職業の世界と同じぐらい大切にしてください．つながった時，小さな船はすぐひっくり返りますが，大きな船というのは大波が来ても簡単に転覆しないじゃないですか．あれと同じで，楽しみの世界と職業の世界がつながった時に，心の安定度が大きくなりますから，こういったことを考えてほしいと思います．

70年生きてきて思うこと

　自分の弱みってありますよね．人間としての弱みだとか，仕事上の悩み，苦手な物，だいたいの人はそういうものに蓋をして否定しがちなんだと思うんですけど，僕が70年生きてきて考えるのに，それは大切にしなければいけないもんだ

と思うんです．それをごまかしちゃ絶対いけないと思うんですね．若いうちはごまかしたり，蓋をして，棚に上げて，お蔵に入れて，いつの間にか忘れてしまうということになりがちなんですけれど，必要に応じてお蔵から出してきたり，棚から下ろしてきて，再度考え直して，人生の長い歴史，宇宙の歴史から見ると長くはないんですが，自分の生涯の中で繰り返して考えてもらいたい．そういうふうな自分を再考する時間を持つことが，自分にとってひじょうに大切な意味があると僕個人は考えています．

本章は下記の講演やインタビューから抜粋し，編集委員会で再構成したものです．
・きょうされん　精神障害者地域生活推進セミナー　講演（2008 年）
・いのちの電話　第 25 回全国相談員研修会　講演（2007 年 11 月）
・ライフサイエンス出版「JPOP‐VOICE　統合失調症と向き合う」インタビュー（2011 年 11 月）

おわりに

　ごろりと横になると，過ぎ去ったこれまでの人生の時々が走馬灯のように心を過ぎることが時々起こるようになりました．想い出すともなく幼年期のころの今晩死ぬか，明日死ぬかという生存ぎりぎりの日々を通り越して今があると思うと，ひとことでは言い表すことのできない複雑な感慨に陥るのです．朝家族のそれぞれに正座をして「おはようございます」の折りに祖母・母からの実感を伴った「生きた」のひとことは，回想の度に落ち着いた感情を乱したものでした．50歳を目前にした時も還暦を迎える前後もそうでした．
　やどかりの里に登録を決心した時には，まったく想像することもなかった自分の来し方の本ができることを，一面では気恥ずかしく，もう一面では悦びたい気持の両方が交錯しております．それは，やどかりの里への登録前は，社会に対してほとんど責任を果たしていないことを「明らかにしなければ，示さなければ」ならないこととつながっております．他はひょっとしたら療養中である仲間に，自らの人生を諦めなければ（自殺しなければ），最晩年に至ってからでも新しい

展開があることを示した点だと思っています．

　今年は統合失調症に罹患してから53年目になります．2000（平成12）年2月にやどかりの里に入って，今は亡き志村のおばさんの茶の間に通っているうちに，病人としてのそれまでの人生に対して犯罪を犯した罪人のような否定感しか持っていなかったのが，その時々に精一杯生きてきたのだから，それほどまでの否定感でなくとも良いのではないかというふうに，わずかに気持が変化したのがその後を決定する分岐点になったのでした．この10年に満たない年月で一日一生という気持で日々を肯定感をもって終えるように180度変わるなどとは露知らずでした．このことひとつ取り上げるのみで，やどかりの里を今日まで存続させて来た草創期からのメンバー，現メンバー，谷中先生を始めとしてこれまでの職員，今の職員，そしてここまで応援していただいた全国の皆様に対する感謝の念は消えることはないのです．

　さて，この病気（統合失調症）の原因を脳内の故障に帰する考え方が，神経科学の発展につれますます動かし難いものとして定着しそうな趨勢にありますが，これを霊魂（心）や魂といった超越的なものの病と考えるならば，問題は哲学の問題にならざるを得ません．このように考えてくると，4分の3は脳の故障とすることが可能となるにせよ，残りの25％は自ら引き受けなければならない点が残るのです．ここに人間の自由の問題が入ると考えています．この点から言っても，私たちは生が続く限りの終生の課題を背負っていると言ってもよいのではないでしょうか．ですから，どのように苦しくとも，辛くとも，哀しくとも，あるいは絶望感に打ちひしがれ一寸光が闇黒であるような精神状態に陥っても，結

果的には自殺は自らの人生に対する責任放棄なのですから生き続けなければならないし，生き切ってほしいのです．本書を手にされ，ここまで目を通して来て下さったのであれば，このメッセージを読み取ってほしいのです．

　堅いことを書きましたが，日常は風に吹かれるにも喜びを感じ，雲の流れにかつての自分を重ね，雨にも音楽を聴く情緒で暮らしています．

　今は生きているそのことが楽しいのです．全国の仲間が苦しみや自殺への誘惑や衝動を乗り越え，このような日日の来ることを信じて生きてほしいのです．

　最後になりましたが，構成から編集まで多くの労を取られたやどかり出版顧問の西村恭彦氏，渡邉昌浩さん，数々の助言を寄せられた編集委員の皆さんにここで厚くお礼を申し上げます．

2007年孟春

やどかりの里メンバー　堀　澄清

おわりに（増補版）

　堀さんが亡くなってから早いもので，4年が経ちました．私は本書初版では，やどかり出版の顧問であった故・西村恭彦さんの指導を受けながら制作に携わり，「はじめに」も書きました．堀さんの存命中に堀さんの願いだった2冊目を刊行できなかったことは残念ですが，増補版として堀さんの生きざまを社会に発信できることは感慨深いものがあります．
　編集の仕事への道筋を与えてくれた堀さんですが，最初の印象は，いつも下駄を履いていて，食事は1日に1食，難しいことを話すちょっと変わった人かなと思っていました．だんだんと知るうちに仲間想いの正義感の強い人だとわかっていきました．
　私が堀さんとの関わりで，特に印象に残っているのが，堀さんの誕生日に堀さんから「僕の誕生会をやるから」と誘われて，私と辰村さん（やどかりの里メンバー）と3人で食事をしたことです．回転寿司のお店に行って，その時何を話したかは忘れましたが，堀さんの誕生日なのにごちそうになっ

て，申し訳ないというか，何とも言い難い気持ちになったことを覚えています．堀さんの誕生日だから僕たちが払いますよと言ったところ，「いいんだ，僕がごちそうしたいんだ」と話されたように記憶しています．

　精神病を発症し，「前科もの」という烙印を押されているような感覚で生きてきた堀さんですが，やどかりの里で「茶の間のおばさん」(志村澄子さん)と出会い，精神病というハンディがあっても，世の中に存在してもいい，存在することに何がしかの意味があるのかもしれない，と思うようになりました．堀さんは茶の間が居場所であり，そこで自分の役割を見出したのではないでしょうか．居場所を見つけ社会の中に自分の役割を見出すことが大事なんだと伝えています．
　堀さんは存命中，精神障害者のあたり前の姿を知ってもらって人権を確立する，そういう運動につながる活動を続けたいと話していました．その想いをブックレットを通して発信していければと思います．それが今の私の役割かなと思います．

2019年1月

やどかりブックレット編集委員　　渡邉　昌浩

視覚障害などの理由から本書をお読みになれない方を対象に、テキストの電子データを提供いたします。ただし、発行日から3年間に限らせていただきます。

ご希望の方は、① 本書にあるテキストデータ引換券（コピー不可）、② 奥付頁コピー、③ 200円切手を同封し、お送り先の郵便番号、ご住所、お名前をご明記の上、下記までお申し込みください。

なお、第三者への貸与、配信、ネット上での公開などは著作権法で禁止されております。

〒337-0026　さいたま市見沼区染谷1177-4　やどかり出版編集部

やどかりブックレット・障害者からのメッセージ・25

統合失調症を生き抜いた人生

『70歳を目前にして今，新たな一歩を』　増補版

2019年3月1日　発行

著者　　　堀　澄清　著

編集　　　やどかりブックレット編集委員会

発行所　　やどかり出版　代表　増田　一世

　　　　　〒337-0026　さいたま市見沼区染谷1177-4
　　　　　TEL 048-680-1891　FAX 048-680-1894
　　　　　E-miail　book@yadokarinosato.org
　　　　　https://book.yadokarinosato.org/

印刷所　　やどかり印刷